JN315191

講談社文庫

新装版

浪花少年探偵団

東野圭吾

講談社

目次

浪花少年探偵団

しのぶセンセの推理

1

安アパート全体が揺れそうな勢いで、階段を誰かが駆け降りた。その前には激しく戸を閉める音もしていた。夜の十一時だ。子供があばれる時間帯ではない。やがて、「あんたっ」と女の甲高《かんだか》い声が響いた。少しかすれたところが、生活苦を感じさせる。

「お金、持って行かんといてっ」

「お金」という言葉につい反応してしまうのが大阪ダウンタウンの特徴だ。それまで閉めきられていたアパートの他の部屋の窓が、この一言でいきなり二つ三つ開いた。ヤジ馬のひとりは叫び声をあげた女の隣に住んでいる山田徳子《とくこ》という五十過ぎの痩《や》せた女だ。彼女は外で起こっている騒ぎをよく見ようと、わざわざ眼鏡をかけていた。彼女の部屋は二階だから、見下ろす格好《かっこう》になる。

アパートの前は小さな空き地になっていて、そこには軽トラックが一台止まっていた。エンジンはすでにかかっていて、車の後方から白い煙を断続的に吐き出している。声をだした女は車の向こう側、つまり運転席のほうに回って、何か言っているようだった。

　やがて軽トラはけたたましくエンジン音を響かせて動き出した。女がさらに何か言ったようだが徳子の所までは聞こえてこない。軽トラは空き地を出ると、左に曲がって暗い道に消えていった。

　女があきらめてアパートに戻ってくるのを見て、徳子は窓を閉めた。そして玄関に回ると、彼女が前を通る足音を聞いて戸を開けた。女は驚いたように足を止めた。

「どないしはったん？　えらい大きな声出してはったみたいやけど」

　大きな声を出したことを責められたと思ったのだろうか、女は「すいません」と頭を下げた。年は三十五、六のはずだが、後ろで縛《しば》った髪が何本か落ちてきていて、もっと老《ふ》けた感じをあたえる。

「また、だんなさん？」

　疲れた笑いを作って女は頷《うなず》いた。徳子は眉《まゆ》をひそめた。気の毒そうに同情する表情には年季が入っている。

「あんたも苦労するなあ、子供は小さいし……気い落とさんようにね」

そう言うと徳子は首を振りながら戸を閉めた。また明日の井戸端《いどばた》会議のネタにするに違いない。女はため息をひとつついた後、自分の家の戸を開けた。

2

六年五組の教室は三階にある。だから一階にある職員室からは階段をふたつ上がらねばならないわけだ。竹内しのぶは二階まで上がったところで上を見た。三階に上がる階段の途中にある踊り場にいた影が、さっと隠れるのが視界に入った。一瞬だが見誤ったりしない。今日の見張り役は田中鉄平《てっぺい》らしい。しのぶは大きく息をすると肩をいからせて上がっていった。五組の教室は階段のすぐ横だ。がたがたと、机や椅子をひきずる音が聞こえてくる。だからといって、しのぶが入っていった時に全員が席についているとはかぎらない。数人ぐらいはかならず立ち上がって大声を出しているものなのだ。案の定この日も、しのぶの姿を見てからあわてて教室の端《はし》から端まで走って席につく悪たれがふたりほどいた。しのぶは彼らの方をにらみながら教壇中央に歩み寄る。「起立」の声、それから「おはようございます」、「着席」、号令は日直の仕事だ。

しのぶは黒表紙のファイルで教卓を叩《たた》くと、「出席取るで。ちゃんと返事せえへんかったら休みにするよってな」と早口でまくしたてた。

「阿部、石川、井上、江藤……江藤っ、おれへんの？　ちゃんと返事しい」

しのぶの口調がヒステリックになってくるのは、子供たちの返事のしかたが、間を伸ばしたり妙な声を出したりで、まともなものがほとんど返ってこないからなのだ。そして彼女のこんな反応を楽しんで、子供は益々《ますます》増長しているようだ。

「福島……福島？　あれ休みかいな、珍しいなあ」

しのぶが受け持ってから一度も休んだことがない子供だった。身体は大きな方ではないが、丈夫そうな顔色をしている。

「休みは福島だけやな。そしたら早速《さっそく》算数の問題やってもらおか。田中と和田、あとで前に出てやってもらうよってな」

二人の腕白《わんぱく》が文句を言うのを横目に、しのぶはようやく一時限目の授業に入った。


竹内しのぶは二十五歳、独身である。短大を卒業し、この大路《おおじ》小学校の教壇に立つようになって五年になる。二人姉妹の姉で、両親と共にこの大阪に住んでいる。父親は某家電メーカーの工場長で、妹はそこでＯＬをしている。小学校の教師になるのは、しのぶの子供の頃からの夢だった。

　ちょっと見が丸顔の美人なので、新任当初は「しのぶちゃん」などと先輩教師から呼ばれたりしていたが、一週間もしないうちに誰もそんなふうには呼ばなくなった。そういう呼び名が全然似合っていないということに皆が気づいたからなのだ。大阪の下町で育ったせいで言葉は汚く、身のふるまいは万事ががさつで繊細《せんさい》さのかけらもない。おまけに口も早いが手も早いという、とにかくみかけと中身は大違いだったのだ。

「さあ、そろそろ出来たか?」

　しのぶが立ち上がると、「ええー」という不平の声が上がった。だが彼女は無視して黒板に歩み寄る。そんな声につきあってられない。

　その時教室の前の戸が二十センチばかり開いて、金縁《きんぶち》メガネと広い額《ひたい》がその間から見えた。教頭の中田だ。中田は掌《てのひら》を出してしのぶにおいでおいでをしている。彼に気づいた子供たちの間からくすぐられたような笑いが漏《も》れた。中田のあだ名はゼロジュウという。薄くなった頭をごまかすために髪の毛を七・三ならぬ一・九、いやそれ以上の〇・十に分けているということからついた残酷なあだ名だ。しのぶは戸に近づきながら子供たちの方をひとにらみした。だがその目線にはいつもの——いつもそれほど大したことは無いのだが——鋭《するど》さは無い。ゼロジュウというのは、遠足のバスの中で、しのぶがウケようと思って言いだしたものなのだ。

「福島、休んでるやろ？」

しのぶが廊下に出て戸を閉めるのを待って中田は言った。しのぶは頷いた。

「今、連絡が入ってんけどな、親父《おやじ》さんが亡くなったらしいわ」

「へえ……」

咄嗟《とっさ》にしのぶが考えたことは、喪服《もふく》をどうするかということだった。冬物ではちょっと暑い……。

「それで、ちょっと話がややこしいんや。職員室で聞いてもらえるか？」

「ええ、いいですけど」

そう言うとしのぶは戸を開けて、静かに待っているよう指示した。子供たちは授業がつぶれるので嬉《うれ》しそうに頷いている。

「戻ってきて、もしやかましかったら宿題出すよってな」

しのぶは捨て台詞《ぜりふ》を残して戸を閉めた。

職員室に戻って教頭机のところに行くと、中田は○・十頭をなでつけながらもったいぶった調子で話しだした。しのぶは驚いて、声がひっくりかえった。「うそや」

「なんで嘘《うそ》言わなあかんねん」

中田はむきになって口を突き出した。

「けど、殺されたて……教頭センセ、どないしょ？」

「どないしょて言われてもなあ……わしもこんな経験は無いよってなあ。今のところは連絡を待ってるより、しゃあないのとちがうか？」

「あたしも警察に行ったほうがええでしょうね？」

しのぶは内心ワクワクしながら訊《き》いた。彼女はテレビの刑事ドラマファンである。あの手のドラマでは必ず、横文字のあだ名がついた男前の独身刑事が登場することになっている。

「なんであんたが行かなあかんねん？」

「そら、被害者の息子のセンセやから……」

「被害者の息子の先生に、一体何の関係があるねん？」

「ありませんか？」

「あれへんがな」

「……さよか」

しょーもなーと、しのぶは口の中でぼやいた。

3

福島文男《ふみお》の乗った軽トラが発見されたのは、大阪南部を流れる大和川《やまとがわ》の堤防で、地名としては住吉《すみよし》区我孫子《あびこ》ということになる。近くに府立高校があり、発見したのはその男子陸上部員である。その部員は早朝この堤防をランニングする習慣があり、その途中で乗り捨てられてある軽トラの中を何気なくのぞいて見つけたということだった。

連絡を受けてすぐに住吉署と大阪府警本部の捜査員がかけつけたのが午前八時過ぎである。堤防はすぐに通行止めにされたが、ここは元々通行量の多いところではなかった。

死因は後頭部の傷である。先端の鋭利《えいり》な凶器で強打されたものと判断されたが、軽トラの荷台の角に被害者のものと思われる血痕《けっこん》と毛髪が付着していたことから、この部分が凶器になったものと推定された。

「なつかしいなあ」

大阪府警捜査一課の漆崎《うるしざき》は大和川をながめて大きく深呼吸してから言った。「昔はようここで泳いだもんや」

「こんな汚い川でですか？」

身長百八十センチの新藤《しんどう》が漆崎を見下ろして訊いた。新藤は来年三十になる。漆崎は彼より数年先輩だ。ただし背は二十センチ近く低い。

「昔はここもある程度はきれいやったんや」

そう言って漆崎は、灰色ににごった水から青色の軽トラの方に視線を移した。「指紋は終わったようやね」

「終わりました」

と新藤は答えた。「ハンドルについてる被害者のものをはじめとして、いろんな指紋がぎょうさんついてるらしいです。ただしドアの部分に関しては拭《ふ》きとった跡があって、完全なものは採れんかったらしいですね」

「ふうん……」

漆崎はトラックの荷台の横に書いてある文字を手でなぞった。『N建設』とそこには書いてあった。

「生野《いくの》区にある会社らしいですわ」

住吉署の尾形《おがた》という太った刑事が教えてくれた。「けど被害者はそこの社員とは違うらしいですねん。社長と幼なじみとかで、昨日一日だけトラックを貸したらしいですわ」

「へえ」

被害者の身元は、持っていた免許証から生野区在住の福島文男とわかっていた。年齢は四十歳。身長百六十センチというから小柄《こがら》なほうだ。ねずみ色のズボンに紺色《こんいろ》のジャンパーというのが見つかった時の服装だった。免許証以外の所持品は、五百六十円と古い馬券の入った財布、むきだしのショートホープが三本、そして商店街の宣伝の入った日本手ぬぐいだった。すべてジャンパーのポケットに入れてあった。

パトカーに乗せられて、文男の妻の雪江《ゆきえ》が現場に現れたのは九時ちょっと前だった。雪江に続いて、二人の男の子もパトカーから降りた。文男の息子で、大きい方が六年生の友宏《ともひろ》、小さい方が二年生の則夫《のりお》だということだった。

雪江は眠ったように無表情な女だった。亭主の死のショックからか、顔の血の気が薄くなっている。きちんと化粧すれば美人で通りそうな目鼻立ちだが、やつれた雰囲気と野暮《やぼ》ったい服装がそれをぶちこわしにしていた。

遺体の確認を済《す》ませた後、パトカーの中で事情聴取が行われた。後部席に漆崎と雪江が座り、前に新藤と住吉署の尾形が座った。新藤は筆記係といったところだ。友宏と則夫が堤防に立って川をながめているのが、フロントガラスを通して見える。

文男の職業を訊いたのが漆崎の最初の質問だった。雪江は一呼吸ためらったのち、

「失業中なんです」と小声で答えた。「なるほど」

と漆崎は表情を変えない。

「すると今は奥さんが？」

はい、と彼女は返事した。「チルド玩具という会社に行ってます」

知ってますか、と尋《たず》ねるように漆崎は尾形を見た。尾形は小さく頷いた。

この後、結婚した時期や家族構成、文男の前の会社などについていくつか質問したのち漆崎は、「だんなさんが家を出たのはいつですか？」と訊いた。

「ゆうべの十一時頃です」

「えらい遅い時間ですね。いつもそんな時間に出て行くんですか？」

「お酒を飲みにそのくらいの時間に出ることはありましたけど、車で出て行ったのは初めてです」

「行き先は聞いてませんか？」

「言うてくれませんでした。お金持って出ていっただけで……」

「お金？　いくらですか？」

「二、三万と思います」

ふうん、と漆崎は頷いた。その金が無くなっているのだから、物盗《ものと》りのセンもあるわけだが……。

「出ていく時の様子はどうでした、なんか変わったところはありませんでしたか？」

雪江は寝ぼけたみたいにワンテンポ遅れてから、「えらいあわててたように思います。何訊いても答えてくれませんでした」と答えた。

「昼間はどうでした？　やっぱりあわてた様子でしたか？」

だが雪江は首をふった。

「昼間はあたしが働きに出てましたから……ようわかりません……」

「だんなさんは、よく軽トラに乗って出かけはったんですか？　聞くところによると、借り物やということですけど」

「それがわかれへんのです。今までそんなこと、いっぺんも無かったですから」

「ほう……」

「だんなさんが、こんなところに来た目的は察《さつ》しがつきませんか？」

尾形が質問に加わった。

「さあ……」

と雪江は首を捻《ひね》った。

「この辺に知り合いは？」

「無いと思いますけど」

「最近付き合ってた人の名前はわかりませんか？　奥さんの知ってはる範囲で結構です」

と漆崎が訊いたが、彼女は首を傾けた。

「飲み屋とか競馬場とかに居たと思うんですけど、あたしはよく知らんのです……すいません」

「そしたら最近の様子はどうでした？　何か変わったことはありませんでしたか？」

「…………」

「電話がかかってきたことは？」

「あの人にはここ何ヵ月もかかってへんと思います」

そうですか、と漆崎はため息をついた。他に質問はないかというように尾形を見たが、彼も首をふった。そこで刑事は捜査の協力に対して礼を述べると、彼女をパトカーから降ろした。

福島文男が住んでいたアパートは、間口《まぐち》が二間《けん》も無いような小さな借家がびっしりと密集した生野区大路に建てられていた。道幅も狭く、いたるところが一方通行になっている。慣れていなければ車で入るのは難しそうな所だった。

漆崎、新藤の両刑事は地下鉄で最寄《もよ》りの駅まで来ると、そこから人に聞きながらなんとかアパートに到着した。大阪市内は、車より公共機関を使った方が圧倒的に早い。

ふたりはアパートの他の部屋をひとつひとつあたって、福島家のことについて聞き込みを行った。死体が発見されたのは今朝のことなので、住人は誰も事件のことを知らなかった。刑事たちが聞き込むことで、彼らは何があったのかとしつこく尋ねてきたが、ふたりはあえて文男が殺されたことは話さなかった。

約半分の聞き込みが終わった時点で明白になったことは、福島家が最近文男の家庭内暴力でかなりすさんだ状況にあったらしいということだった。失業してからの文男は、ほとんど毎日酒を飲んでは家で暴れていたらしい。

「奥さん、よう身体がもつなあと思てましてん。それであの人、何やったんですか?」

たいていの住人は文男が犯罪を犯したものと誤解したようだった。

何軒目かに福島家の隣の部屋をあたった。山田という表札がついている。ノックすると痩せた女がうさん臭そうな顔をして出てきた。年齢は五十過ぎぐらいか。警察手帳を見ると、さらに目つきが用心深くなった。

「福島さんのことなんですけどね」

漆崎が切りだすと、女はすぐに「やっぱり何かやりました？」と逆に訊いてきた。目に好奇の色がにじんでいる。

「やっぱり……というと、何かあったんですか？」

すると女はこの質問を待っていたように目を輝かせた。

「ゆうべ、えらい大きな声がするよって窓からのぞいたらね、福島さんの奥さんが、だんなさんを引きとめてるところやったんです」

「ひきとめる？　何をですか？」

「そら、出ていくのをです。トラックに乗って出ていくのを、『あんた、待って』って言うて。『お金持っていかんといて』とも言うてたと思います」

「それで、出て行ったわけですか？」

女はふんと鼻を鳴らした。「あのだんなが、奥さんの言うことときいたとこなんか見たこと無いわ」

「何時ころですか？」

「ええと、せやなあ……」

女は何のためか漆崎の腕時計を見た。「十一時頃やったと思いますけど」

雪江の供述と一致する。

「そのあとは？」

「そのあとは何もおません。ああせや。十一時半頃、もういっぺん奥さんが見えましたわ。もしかしたら夜中に亭主が帰ってきて騒ぐかもしれんけど、その時にはちょっとだけ辛抱してくれて言いに。息子さんも一緒やったな。ほんまに苦労してはるわ……それであの人が何をやったんですか？」

「いや、何をやったということとは違うんですが」

漆崎はこの後、福島家について知っていることをなんでも話してくれとこの女に言った。女は水を得た魚の如《ごと》くしゃべりだした。それは近所から聞いた話とほとんど重複していたが、ふたまわりぐらい話を大きくして話すのがこの女の特徴のようだった。

「よう喋《しゃべ》るおばはんやな」

漆崎は腕時計を見て舌打ちをした。山田徳子の話を聞いているうちに予定を大幅にオーバーしてしまっている。だからといって、収穫があったわけでもなかった。

アパートの帰り、ふたりの刑事はN建設株式会社に寄ってみた。住所から、アパートからはさほど遠くないと判断してはいたのだが、実際には想像していた以上に近所にあった。距離にして二百メートルといったところか。アパートの前の道を左に真っすぐ行って、二つ目の角を右に曲がればすぐに会社の前なのだ。会社の敷地内には大型トラックやトレーラーが無造作に置いてある。その中には先刻見た軽トラと同種のものが数台あった。

見まわすと、二階建てのプレハブといった感じの簡単な建物が目についた。どうやらそこが事務所らしい。

住吉署から連絡がいっていたからか、会社側では事件のことを了解しているようだった。ふたりは粗末な応接椅子に座って、社長の小川という男に会った。小川は背広の前ボタンがはじけ飛びそうなほど太った男で、日焼けした上に脂《あぶら》ぎった顔が、いかにも成り上がり者らしかった。

「あいつがねえ、人間ちゅうのはほんま、一寸先《いっすんさき》はわかりまへんなあ」

小川はしきりに唸《うな》ったが、悲しんでいる様子はない。

「福島さんとはどの程度のつきあいでしたか？」

　漆崎が訊くと、社長は腕組みをして見せた。

「小学校が一緒やったから幼なじみいうことになるんやろな。若い頃からあほなことばっかりやった仲、というところかな。最近もつきあいはありましたで。競馬仲間や。けどあいつの言うとおり買《こ》うて、入ったためしがなかったなあ」

　小川は豪快に笑った。

「福島さんが乗ってた軽トラはここのものらしいですね？」

「せや。昨日あいつが急に一台貸してくれて言うもんやから貸したんですわ」

「何時頃でした？」

「五時か六時やったな」

　案外早い時間だと漆崎は思った。

「何に使うかは言うてなかったですか？」

「ええと……なんか、物を運ぶとか言うとったなあ。わしも忙しかったから、あんじよう聞いてへんのですわ」

「こういうことは、ようあったんですか？」

「たまにありますなあ。まあ福さんに限らず、知ってる人がちょっと貸してくれて来たら、気い良う貸すことにしてます。大して減るもんでもおまへんからな」

「いつまで貸してくれという話やったんですか？」

「今日の朝までに返すというてましたな。まあ、ちょっとぐらい遅れても仕事に支障はないんやけどね」

「今日の朝……ということは福島さんは夜中にも軽トラを使うつもりやったということですかね？」

「そうと違いまっか。まあどう使おうと自由やわね」

「夜中はここは閉まってるんでしょう？　ということは朝にならんと返せんわけですか？」

「いや、夜中でも門は開けとくからね。適当に乗り捨てといてくれたらええという話になっとったんですわ。まあ、横にN建設て大きな字で書いたるから、盗っていくもんもおらんしね」

「なるほどねえ……」

その後漆崎は、福島文男が殺されたことについて何か心当たりが無いかどうか、つきあっていた者の名前などについて質問してからこの建設会社を出た。小川は福島の死について格別に感じることもないようだったが、それだけに主観の入らない意見を述べてくれた。だが手がかりが無いという事実に変わりは無かった。

4

福島友宏の父親の死体が発見された日の翌朝、しのぶが教室に行くと二人の男子が喧嘩《けんか》をしていた。それも言い争いではなくとっくみ合いの喧嘩だ。教室の後ろの方の椅子と机をひっくり返して、床にもつれたまま転がっている。チャイムが鳴っているせいか、大部分の子供は席についたまま、首だけを二人の方に向けている。数人が二人のまわりに立っているが、止める様子は無い。勿論《もちろん》応援しているのでもない。ただひとり、クラス委員の女の子がかん高い声をはりあげているが、相手の力をねじふせることに集中している当人たちには聞こえていないようだった。

「ちょっとあんたら、なにやってんのっ」

しのぶは二人に近づくと、上になっていたほうの子供の肩を掴《つか》んで、二人を引きはなそうとした。子供といっても六年生になれば力が強い。最初はびくともしなかったが、仲裁《ちゅうさい》に入ったのが先生と知って、二人はようやく力を緩《ゆる》めた。

「喧嘩の原因はなんや？」

のろのろと立ち上がったのは、原田と畑中《はたけなか》という子供だった。どちらも小学生としては身体の大きいほうだ。二人は膨《ふく》れっ面《つら》のまま相手を睨《にら》んでいるだけでどちらも口を開こうとしなかった。かなり派手にやりあったらしく二人とも上から下まで真っ黒だ。原田の方は靴の片方がぬげてしまっている。どうやらそれで畑中の顔を叩いたらしい。畑中の丸い額には『月星』という運動靴メーカーのマークが逆《さか》さまにスタンプされていた。

「あんたらが言えへんかったら、先生は他の子に訊かなあかん。他の子に迷惑がかからんうちにさっさと白状《はくじょう》しい」

この台詞《せりふ》が効いたのか、ようやく原田という子供のほうが重い口を開いた。

「畑中が、福島とこのおっちゃんを殺したんは福島やて言うたから、俺が怒ったんや」

いきなりショッキングな言葉が出てきて、しのぶは面食らった。

「そんなこと言うてへん」と畑中。

「言うたやんけ」

「まさか福島と違うやろなあて言うただけや」

「そんな言い方と違うかったぞお」

「ちょっと待った」

しのぶは二人の間に手を入れた。「男の癖《くせ》に、金魚みたいに口とがらしてセコい言い合いしなや。喧嘩の理由は分かった。それで畑中はなんでそんな事言うたんや？友達のことをそんなふうに言うたら、原田が怒ってもしょうないで」

するよ畑中は、その金魚の口をしのぶの方に向けた。「僕が勝手に言うてんのと違うで。前に福島が、おっちゃんのこと死んだらええのにて言うてたから、そない思たんや」

しのぶは自分の顔色が変わるのを感じた。

「おっちゃんて、福島のお父さんのことか？」

「そうや」

「福島が自分で、お父さんが死んだらええのにて言うたんか？」

「うん」

原田が横で怒鳴った。「嘘や、福島がそんなこと言うわけないやんけ」

「ほんまや、ほんまに言うてんど」

二人がまた摑み合いをはじめそうになったので、しのぶはあわててそれを止めた。

「わかった、わかった。畑中は嘘つく男やないわな、原田もそこのとこは信じたり。せやけどな畑中、なんぼ福島がそない言うたかてやっぱり親子やで。あんたかて福島がそんなことする子かどうか知ってるやろ？」

知ってる、と畑中は小声で答えた。

「そしたらそんなこと言うたらあかん。まあ今日のところは痛みわけの引き分けや。それでええな？　なんや原田、不服そうやな。文句でもあるのんか？」

「なんか俺が損したみたいや……」

「気のせいや。喧嘩はいつでも両成敗や。さあ二時限目が始まるよって席につきや」

強引にしのぶはこの喧嘩の始末をつけた。それはそれでいいのだが、彼女の中に一《いち》抹《まつ》の不安が芽生《めば》え始めていた。この不安は、三時限目の家庭科の授業から早びきするという行動になって現れた。

近くまで来る用があったので、新藤は福島一家が住むアパートに寄ってみることにした。日を改めて聞き込みを行うと、新しい情報が得られることが往々にしてある。特に福島家の隣人の山田徳子という女は、日ごろからかなり他人事に興味を持っているようだから、昨日から今日にかけての間にも何か面白い話のひとつやふたつは仕入れているかもしれない。

山田家の戸を叩くと、しばらくして皺《しわ》だらけの痩せた顔が現れた。新藤は笑みをたたえ、何か変わったことは無いかときりだそうとしたが、それよりはるかに早く徳子の方から、「刑事さん、ええとこに来たわ」とかみつくような勢いでまくしたてた。金歯の間から飛び出した唾《つば》が新藤の背広の襟元《えりもと》まで達し、彼は思わずあとずさりした。

「なんかあったんですか？」

「あったもなにも、今、けったいな女が福島さんとこの戸を叩いてましたで」

「けったいな女？　どんな女でした？」

「若い、けばけばしい女でしたで。いけずそうな顔して、あれは絶対夜の女やな。犯人のこれと違いますか」

徳子は小指を立てて、首をひねって見せた。その顔のほうが、はるかに『いけず』そうだと新藤は思った。

「戸を叩いてからどうしました？」

「福島さんとこは誰もいてへんかったからね、今度はうちに来ましたがな。でね、警察はどんなことを調べてたかとか、犯人の目星はついてるのかとか、変なことばっかり訊いていきましたで」

「ほう……」

犯人の行動としては軽率《けいそつ》過ぎる気がしないこともないが、情婦に様子を探らせにきたと考えられないこともない。

「どんな女やったか、もうちょっと詳《くわ》しく喋ってもらえますか」

「せやから若い女で……あっ」

新藤の肩越しに道路の方を見ていた徳子が突然息を飲んだ。つられて新藤もそちらを見る。赤い服がちらっと見えて、角の向こうに消えた。

「あの女や、間違いないわ」

「赤い服の……」

「せやがな。何やってんの、はよ追いかけんと」

まるで息子にハッパをかけるみたいに、徳子は新藤の背中を押した。なんで俺がこんなおばはんに指示されなあかんねんと思いながら、新藤はかけだした。

赤いブラウスは新藤の前方二十メートルのところで見え隠れしていた。背丈は百六十センチぐらい、太目ではないがいい体格をしている。髪はセミ・ロング、太陽光線を受けて栗色に光っている。右手には紙袋を持ち、左手には黒のハンドバッグかポシエット。最初は普通の速度だったが、やがて早足に変わった。時折振り向いたりもする。尾行《びこう》に気づいたのだと新藤は解釈した。

女は真っすぐ行くふりをして、突然角を左に曲がった。新藤もあわててその角を曲がる。すると彼の目に、猛然と駆け出す女の後ろ姿が見えた。

新藤も無論走りだした。だが足に力をこめながらも、彼には余裕があった。所詮《しょせん》相手は女だ。逃げきれるわけがない。それにしても思わぬところで獲物が釣りあげられそうだ……と。

ところが間もなくそんなことを考えている場合ではないことを悟《さと》った。楽勝だと思ったはずが、いっこうに差が縮まらないのだ。もしかしたら拡がっているかもしれない。とにかく敵はやたら速いのだ。

新藤のかなり前で、女が路地に入っていくのが見えた。その足元を見て彼は驚いた、と同時に納得した。

「なんやあいつ、はだしで走っとるやんけ」

こら根性いれて走らなあかんと女に続いて路地に入った途端《とたん》、額にガッツーンと衝撃を受けた。思わずうずくまりそうになるのを必死で耐《た》えて前を見ると、先刻の女が両手にハイヒールを持って仁王立ちしていた。ハイヒールの鋭角なかかとを見て、ふたたび額に激痛が蘇《よみがえ》った。

「無礼もんッ」

と女は怒鳴った。その女の頬がピクピク動いているのが新藤にもわかった。

「うちは大路のしのぶやで。なめとったら承知せえへんで」

だいたい女の後をつける方が悪いとしのぶは思っている。だから自分があやまる必要なんか全然ないのだ。それでもお詫《わ》びにお茶でもと口をついて出たのは、相手が福島文男を殺した犯人を探している刑事だと知ったからと、その刑事が割りにいい男だったという理由からだった。

「そうですか、ソフトボールやってたんですか。そら体力があるはずやわ」

新藤はおしぼりで額を押さえながら皮肉を言った。「それで……なんで福島家の周辺の聞き込みなんかしてたんですか？」

「ええ、実は……」

しのぶは友宏が父親のことを死ねばいいと言っていたということを子供たちから聞き、不安になってやってきてしまったのだと告白した。

「あの子がそんなことするわけないと信じてるんですけど、警察がどんなふうに思てるかとか、あの子が犯人という可能性はあるのかないのか気になって、ちょっと近所の人に訊いてみたんです」

「ということは、やっぱりあの家庭には問題ありと先生も思われているわけですか？」

「お父さんに定職がありませんからねえ、家ではお酒ばっかり飲んでたという話やし……福島君もお母さんも苦労してはったと思います」

「ふうん……いや、近所でもそういう噂《うわさ》はひろがってたみたいですけどね」

「やっぱり警察は、福島君をうたがったりしてるんですか？」

上目遣《うわめづか》いにしのぶが新藤を見ると、彼は苦笑しながら掌を振った。

「そんな動きは、僕の知る限りではありません。それに家族の者が犯人ということはありえんのです」

「……？」

「解剖《かいぼう》の結果、死亡推定時刻は死体が発見された前夜の十時から十二時となってるんです。で、被害者が軽トラでアパートを出たのが十一時。アパートから現場までは車で三十分くらいの距離やから、犯行は十一時半から十二時頃ということになりますな。ところが隣の山田さんの話によると、十一時半頃に奥さんや息子さんと会ってるらしいんですな。ということは早い話が家族にはアリバイがあるんです」

「そうでしたか」

しのぶはほっと息を吐《つ》いた。

「まあ後は我々にまかせてください」

新藤は額を押さえながら立ち上がった。「先生は学校で待っててくれはったら結構です。あっそれから、その色のブラウスは、あんまり着んほうがええのと違いますか？」

「なんでですか？」

「いや、なんとなく」

山田徳子が水商売の女と間違えたことを言おうかと思ったが止《や》めた。またハイヒールが飛んできそうだ。

新藤と別れた後、しのぶはふたたび福島家をたずねた。今度は反応があった。友宏がひとりで留守番していたのだ。

「なんや、センセか」

つまらなそうに言ったあと、友宏はぷうっと風船ガムを膨らませた。

「なんや、とは愛想《あいそ》無しやな。入るで」

しのぶは後ろ手で戸を閉めると、玄関先に腰を下ろした。

「センセ、間違えてるのと違うか？　葬式は明後日《あさって》やで」

「知ってるがな。あんたが気い落としてへんかと思て来たったんや」

「気いなんか落としてへんで。いたって元気や」

「けど、お父さんが死んでんやろ。ちょっとはショックと違うか？」

「びっくりしたけどな、まあこれも天命や」

「ほんまに元気やな」

「センセ、なんか残念そうやな。なんやったら、気い落としてるふりだけでもしょうか？」

「あほ、そんなことしてくれんでもええわ。ちょっとあんた何やってんの？」

「お茶、入れてるように見えへんか？」

「湯のみに直接お茶っ葉入れてどないすんねん。かまへん、気い遣わんでも。それよりいろいろと大変やろ。なんか困ったことがあったら相談しいや」

「センセに相談しなあかんようでは、もう終わりやな」

「そんだけ、へらず口が言えたら上等やわ」

しのぶはどっこいしょと腰を上げた。暗さを全く感じさせない友宏の様子をどう解釈するべきか、内心迷っていた。

その時戸が開いて、雪江が帰ってきた。前にもまして痩せてやつれたようだが、化粧でなんとかごまかしているといった感じだ。

雪江はお茶を出すと言ったが、しのぶは早々に退散してきた。息子が明るいぶんだけ、母親は十二分《じゅうにぶん》に暗いのだ。

5

その夜、住吉署で行われた捜査会議でも、特に進展らしきものはみいだせなかった。殺害現場周辺の聞き込みをしている刑事の話では、あのあたりは夕方を過ぎるとほとんど人通りが無くなるため、問題の軽トラを見た人間を探しだすことは絶望的だということだったたし、文男の交際範囲を洗っている刑事の報告にも、特筆すべきものは出てこなかった。ただ競馬仲間をあたっていた刑事が、

「連中の話やからどこまで本当かはわかりませんけど、奥さんの稼《かせ》ぎだけのわりには、よう遊んでたという話でした。せやから借金してた可能性があるのと違いますか」

と言ったのが、唯一《ゆいいつ》気をひく情報だった。

漆崎と新藤の二人も、これらの報告を聞いていた。

「どないしたんや、それ?」

漆崎はシャープペンシルの後ろで新藤の額を指した。「えらいコブになっとるやんけ」

「そうですねん」

と新藤は濡《ぬ》らしたハンカチを額に当てながら、昼間の出来事を話した。同情はしてくれないだろうと思ったが、やはり漆崎は吹き出した。

「そら、えらい目に遭《お》うたな。この頃の女は強いよってな」

「笑い事やおまへんで。油断しとったよって、余計に痛かった」

「けど、熱心な先生やんけ。で、どうや? べっぴんか?」

若い女の話になると必ず漆崎がする質問だ。新藤も答えは考えてあった。

「黙っとったら、べっぴんです」

「そら楽しみやな」

漆崎は助平《すけべ》そうに口元をだらしなく緩めた。だがすぐにそれを引き締めて、「しかしたしかに、もういっぺん調べる必要があるなあ」と呟《つぶや》いた。

「もういっぺん……というと?」

「家族、特に雪江や。どうもしっくりいかん。おい、雪江の勤め先はどこやったかな？」

「株式会社チルドていうおもちゃの会社です。そこの堺工場で巻線の仕事をしてるそうです」

「よっしゃ、明日そこへ行ってみよ」

6

音楽室のほうから下手くそな合唱が聞こえてくる。歌っているというより怒鳴っているといったほうがふさわしい。音楽の教師は、去年音大を卒業した細面《ほそおもて》の美人だ。物腰も柔《やわ》らかい。年齢が近いこともあって、よくしのぶと比較の対象になる。
かァらァたアちィの　はァなァが　さァいィたアよォォォ
「ほんまに下手やな」
教え子は担任に似るという話を誰かがしていたのを思いだした。音痴《おんち》が似るかどうかは知らないが、あの美人の音楽教師はしのぶのクラスの不成績は、しのぶの影響に違いないと考えていることだろう。そして職員旅行でのカラオケ大会などで、しのぶはそれを否定できないような汚点を残している。

「あかん、聞かんようにしよ」

しのぶは教室の戸を閉めると、手に取っていた作文に気持ちを投入しようとした。それは今日の一時限目に書かせたものだった。テーマは『友達』。

『田中はずるいです。ファミコンがうまいうまいて思っていたらゲームの本を買ってテクニックをおぼえて人の家に行ってええかっこうするのです。』

原田の作文だ。友達のいいことばかり書けとは指示していないから、原田は四百字詰め原稿用紙一枚を、友達の悪口で埋めていた。

小学生の作文は面白い。大人では想像もつかないようなことを、平気で書いてくるからだ。鋭い感性と目、それが子供たちの武器だ。

何作か読んだ後、しのぶはその目を静止させた。次の一作、太田美和という子供の作文の出だしが特に気になったからだ。タイトルは『たこ焼の思い出』。

『おととい、福島君のお父さんが亡くなりました。』という文章が一番最初に書いてあった。そしてこの事件についてどう思ったかなどを、自分の経験と照らし合わせて語っている。美和も何年か前に事故で父親を亡くしているのだった。

『福島君のお父さんには、去年一度だけ会ったことがあります。去年、福島君のお父さんはたこ焼屋さんをやっていて、あたしがそこへたこ焼を買いにいったのです。福島君も手伝っていました。』

　ふうん、たこ焼屋をやってたのか——しのぶはそう思いながら腹に手をやった。おなかがすいてきたのだ。

『トラックの後ろを屋台みたいにして、小学校と神社のすきまに車をいれてたこ焼を売っていました。あたしが買いにいったら福島君は、あっちを向いて知らん顔をしていました。恥ずかしがることないのにといったら、うるさいといわれました。』

　しのぶは作文の一番最後に朱色で、『よく書けています。これからも仲よくしてあげましょう。』と書いておいた。

7

　福島雪江が勤める株式会社チルド堺工場は、南海高野線中百舌鳥《なんかいこうやせんなかもず》駅から、歩いて二十分ぐらいのところに建っていた。堺工場などというと大層《たいそう》に聞こえるが、会社も工場もここにしかない。田舎によくあるボウリング場ぐらいの大きさだ。

　漆崎と新藤の二人が雪江の上司に会いたいと申し込むと、病院の待合室に並んでいそうな長椅子を置いただけの来客室に通された。案内してくれたのは、守衛と受付を兼ねている四十過ぎの男だった。

「若い女が一人もおれへん。なんちゅう色気のない会社や」

漆崎は椅子に座ると同時に、新藤が予想したとおりのぼやきを口にした。

二人が十分程待たされてから現れたのは、グレーの髪をオールバックにした男だ。鼻の上に乗せた金縁眼鏡がちょっとずり下がっているところが、人の良さそうな印象をあたえる。さしだした名刺には、製造部長木戸《きど》一郎となっていた。

「えらいことでしたなあ、まさかうちの社員が殺人事件に巻きこまれるとはおもわんかったですからなあ」

製造部長は鼻の頭に浮いた脂を、薄汚れたハンカチでぬぐった。

「いそがしいところ、どうもすいません」

漆崎は軽く頭を下げた後、「早速で申し訳ないんですが、福島さんのことでちょっと教えていただけますか？」ときりだした。

「なんでしょう？」

木戸は真顔になった。

「まず……福島さんはいつからこの会社に？」

すると木戸は握《にぎ》り拳《こぶし》を額に当てて数秒考えてから、

「正社員になったのはこの四月からですけど、パートの頃を入れると長いですな。ええと、二年になりますかいな」

　と答えた。

「この四月から正社員、と言いますと？」

「まあ今までがんばってもろたことやし、家の事情もだいたいは知ってましたからね。正社員になっていろいろと保障も受けた方がええのと違うかと勧《すす》めたんですわ。それで四月から……」

「なるほど。ということはかなり付き合いも長いわけですね。そこでお聞きしたいんですけど、木戸さんの目から見てどういう人ですか、福島雪江さんという人は？」

「どういう人と訊かれましても……」

　木戸は腕を組み、首を右に傾けた。「まあ、ええ人という言い方が一番当たってるのと違いますか？　仕事はきっちりしてるし、腰も低いし」

「職場での評判は？」

「すこぶる付きに、ええようですな。あとで現場に案内しましょか？」

「お願いします……給料の前借りとかはなかったですか？」

「ないはずですよ。ちょっと前まではパートやったでしょ。パートの前借りなんか聞いたことない」

「最近何か問題を起こしたとかは？」

「聞いてませんなあ。仕事上のことやったら班長に聞くのが一番やけど」

「そしたら後で聞きましょ。ところで、だんなさんのことで何か相談を受けたことはないですか？」

「おません。こっちはちょっとぐらい相談に乗りたいと思て、待ってたぐらいやったんですが、芯《しん》の強い人なんですな」

どうも、と漆崎は手帳を閉じた。これ以上この製造部長に訊いてみたところで何も出てきそうになかった。

安全上の規則だという帽子と眼鏡《めがね》を装着し、木戸の後についていくと、やや薄暗い感じの工場に着いた。切削油《せっさくゆ》と洗浄油の混じりあったような臭いが充満しており、プレスや切削機械の音の合間に、エア・シリンダーの作動する音が入る。ざっと見渡したところ作業者は五十人ぐらい。それぞれが二台以上の機械を受け持っているようだった。

「巻線の係はここですよ」

木戸が指した所では、数人の女性が並んで立ち仕事をしていた。小型の巻線機をつかってモーターのミニチュアを作っているのだ。大人の親指よりも一回り大きい程度のモーターだ。

「物が小さいでしょ。こういう細かい仕事は男よりも女の方が向いてるんですわ。それでここはみんな女性作業者です」

「全自動の機械に替えたらええのと違いますか？」

新藤が言うと、木戸は苦笑しながら首をふった。

「おもちゃの製品寿命というのは短《みじこ》うてね、専用機なんか作ってもすぐに役にたたんようになるんですわ。次々出てくる新製品に対応しよと思たら、汎用機《はんようき》を持っといて人海戦術《じんかいせんじゅつ》でいくしかおません」

「そんなもんですか」

「特に最近はファミコン・ブームで、ふつうのおもちゃは低迷状態ですからな。製品のサイクルが早い早い」

「ほう……」

新藤は作業者に視線を戻した。『モダン・タイムス』から何十年も経っているというのに……。

刑事たちは木戸から小坂《こさか》という班長を紹介された。四角い顔のがっしりした男で、年は四十前あたりだろうか、ベージュの作業着を油だらけにしていた。小坂を紹介したあと木戸は来た道を戻っていった。あるいは気を利《き》かせたつもりかもしれない。

小坂は休憩所と書かれた場所に二人を案内した。四角いテーブルのまわりに椅子がいくつかあって、コーヒーの自動販売機がひとつあるだけのことだ。

漆崎は木戸にしたのと同じような質問を小坂に対しても行ったが、製造部長と班長の意見は微妙に違っていた。

「やっぱりだんなのことで悩んでたみたいですな」

と班長は言った。

「相談でも受けたんですか？」

と漆崎。小坂はかぶりをふった。

「だんなのことを人に喋ったり、グチをこぼしたりということはなかったですな。そのへんはしっかりした人ですわ。けど、残業を増やして欲しいとかいうような希望はよう聞きましたからねえ。金銭的にも苦しかったんやろし、あんまり早《はよ》うに家に帰ってもつまらんという気があったんと違いますか」

「ふうん……残業ねえ。だいたいどれぐらいやるんですか？」

「ええと、日によって違いますけど、多い時で三時間ぐらいですな」

「三時間というと結構長いですね。ここは定時は何時ですか？」

「八時半始まりの、五時半終わりです」

「すると結構帰りが遅くなりますね」

「まあね。けどそのぶん手当てがつくんやから、そっちの方がええのと違いますか。せっかく正社員にもなったことやし」

「そのことですけど、福島さんは正社員になったことを喜んでる様子でしたか？」

「そら喜んでましたで。待遇《たいぐう》が違いますよってね。こんな小っさい会社やけど、火災共済とか交通共済にも入れるし」

「なるほど」

さらに漆崎は最近なにか特に変わった様子はなかったかどうか訊いてみた。小坂はしばらく考えてはいたが、結局、

「おとなしい人やからそう目立たんかったけど、別にふだんどおりやったと思います」

とやや自信なさそうに答えた。

南海高野線にゆられて難波《なんば》方面に戻る途中、漆崎は窓の外をながめながら、

「どうも臭いなあ」

とつぶやいた。

「雪江ですか?」

と新藤。うん、と漆崎は視線を車内に戻した。

「俺も特別経験が多いわけやないけど、殺しをするタイプはあの手やないかという気がするんや」

「動機もありますしね。けど、雪江にはアリバイがありますよ」

「そこが余計ひっかかるんや……おっ」

電車は大きな川を渡る鉄橋にさしかかった。水の少ない、黄土色《おうど》の川だ。

「大和川や」

と漆崎は言った。つられて新藤も窓から下をのぞきこむ。殺人現場はこの川の堤防だった。

「おもちゃ工場から現場まで、どれぐらいで行けるかな?」

「南海線の駅で現場に一番近いのは我孫子前《あびこまえ》ですけど、それでも歩いたら三十分近くかかるでしょうね。工場から中百舌鳥駅まで二十分、中百舌鳥から我孫子前まで十分として、最低一時間というとこでしょうね」

「一時間か、ちょっとかかるな」

漆崎は何事か考えこんでいる様子だった。

二人は我孫子前で降り、住吉署に寄った。捜査員たちの動きに活気が出てきているので聞いてみると、最近まで文男と付き合っていたチンピラをつかまえてきたということだった。ノミ屋をやっているヤクザの三下《みつした》で、文男とのつながりは半年ぐらい前かららしい。

「バクチの負けが相当たまっとったようやね。これぐらいという話や」

村井警部という禿頭《はげあたま》の班長は指を三本立てて見せた。

「三百円ですか？」

「下に万がつくけどな。そのチンピラの口ぶりでは、何遍《なんべん》かは福島の家に押しかけたこともあるようやな」

「そのチンピラが殺《や》った、ということはないでしょうねえ」

「事件の夜は雀荘《ジャンそう》で徹夜や。ウラも取ってある。それにあいつらが福島を殺してどうなるもんでもないやろ」

「まあそうですが」

「それよりな、そのチンピラがおもろいこと言うとんねん。福島は、金を返すあてがあると言うとったらしいんや」

「福島が？　取りたてにネを上げて、ええ加減なことを言うたんと違いますか」

「そうかもしれん。けどな、借金取りが三下のうちはええけど、三百万いうたらチンピラのバックも黙ってへんやろ。福島も多少はマジで金策に走っとったはずや。今、他のもんに、そのへんを探らせてんねんけどな」

「あの福島に金を工面してくれる人間なんか、おりますかね？」

「わからん。まあ結果待ちや。それよりそっちはどうやねん？　雪江の方は何か出たか？」

漆崎は下唇を突き出して、顔を横に動かした。

「そうか、ええセンいっとる気もするねんけどな」

警部は禿頭をポリポリ掻《か》いた。

8

さらに翌日、福島文男の葬儀がアパートの近くにある共同集会所で行われた。親戚がひとりも来ない、極端に寂《さび》しい式となった。焼香したのは近所の人間がほとんどだったが、それも、「奥さんがせっかく段取りしはってんから」という、雪江に同情する気持ちからだった。

そんな閑古鳥《かんこどり》の鳴く葬式を、漆崎と新藤は道路の反対側に立っている電信柱の脇からながめていた。あやしい人物が現れないかどうか見張っているのだ。

「まさか犯人はこんなとこに来ませんで。時間の無駄と違いますか？」

新藤は鼻をつまみながらぼやいた。つい今しがた、野良《のら》犬が電柱に小便をひっかけていったのだ。

「かもしれん。けど、こういう地道《じみち》なこともやっとかんとな」

漆崎は葬儀に目をむけたまま、ひとりで納得している。

「地道は結構ですけど、場所変えませんか？　何も犬のションベンの前で張りこまんでもええでしょ」

「贅沢《ぜいたく》言うたらあかん。俺なんか肥《こえ》だめのそばで夜明かししたことあるで。それに葬式の様子が見えて、身を隠す所ていうたら他に無いやんけ」

「そう言いはりますけど、こんなとこ、隠れてることになりませんで。電柱に大の男が二人やねんから丸見えや。ほら、あそこのエプロンつけたおばはんなんか、変な顔してこっち見てまっせ」

「うるさいな、黙って見張っとったらええんや」

ふたりがゴチャゴチャ言っていると、黄色い服に白い半パンを穿《は》いた男の子が、不思議そうな顔をして近づいてきた。小学校の一年か二年といったところだろうか。いがぐり頭で鼻の下を鼻水と埃《ほこり》で真っ黒にしている。

「なんや、汚いガキやな。あっち行け」

漆崎が追い払おうとすると、その子供はきょとんとした顔を二人の刑事に向けたあと、

「何やってんの?」

と訊いてきた。

「仕事や。おっちゃんらは忙しいねんからな、邪魔せんと早う向こうへ行き」

やんわりと漆崎は言ったが、その子供は動く気配が無く、

「何、やってんの?」

とくりかえし訊いた。今度は随分大きな声だ。

「やかましいやっちゃな。ションベン臭いガキに用はないんや」

すると子供はにやーと笑って、

「おっさんらのほうが、ションベン臭いやんけ」

と言い返してきた。漆崎は子供をにらんだ。「おい、新藤」

「はい」

「二、三発どついたれ」

「はい」

新藤は右手を上げたが、それをふりおろす途中でその手を止めた。

「あれ漆さん、このガキどっかで見たことあると思たら、福島とこの息子でっせ」

「ほんまか？」

漆崎はしゃがみこむと、子供の顔をよく見た。たしかに次男の則夫だ。

「ほんまやな。あんまり汚いよってわからんかったけど……おっ坊主、ええもん持ってるやんけ」

漆崎が目をつけたのは則夫の半パンのポケットから落ちそうになっている手帳だった。

「ちょっと見せてや」

漆崎がそれを抜き取ると、則夫は小声で「どろぼー」とつぶやいた。漆崎は取りあげた手帳で則夫の頭をペシッと叩いた。

「なんですか？」

新藤も横にしゃがんで漆崎の手元をのぞきこんだ。

「ほう、どうやら雪江が会社からもろた社員手帳のようやな。小さい会社でも一応こういうもんを作るんやなあ。おい、坊主」

「則夫や」

と則夫は口をとがらせた。

「なんでもええ。それよりこれをどないしたんや？　おかあちゃんの物やろ？」

だが則夫は首をふって言った。

「違うで、おとうちゃんのんやで」

「そんなはずないやろ。これはおかあちゃんの物のはずや」

「おとうちゃんのんや。おとうちゃんが見てたもん」

「ほんまか？」

「ほんまや」

漆崎はペラペラとページをめくった。新しいせいか、かたまってめくれる。そして妙な折り癖もついているようだった。やがて漆崎の目があるページで止まった。ひょうきん顔に厳しさが浮かび上がってくる。

「どないしました？」

新藤が問いかけると、漆崎は口を固くつむったまま、「うん」と曖昧《あいまい》な返事をした。

「その手帳がどうかしたんですか？」

だが漆崎はそれには答えず、手帳をポケットに入れると、

「おい、おまえはここで、もうちょっと見張っといてくれ。俺は用事を思いだした」と言ってスタスタと歩きだした。「ええ、そんなあ」と新藤、「ドロボー、手帳返せ」と則夫。漆崎はふりかえると、「しっかり見張っとけよ」と念を押した。

「ほんまに、いっつもこうやねんからなあ」

新藤はふてくされたまま、漆崎の消えたあたりを見ていた。思いついたら適当に動き始めてしまうのが、あの先輩刑事の悪い癖だった。

不承不承葬式のほうに目を戻して、新藤はさっそくその目を見はった。白いスーツにパンチパーマという、テレビの刑事ドラマに出てきそうなチンピラが、雪江たちにからんでいるのだ。そしてそのチンピラと対峙《たいじ》しているのは、黒いスーツを着た若い女だ。

「わしは金返してくれと言うとるだけやんけ」

チンピラがわめいた。たぶん昨日住吉署に連れていかれたチンピラの仲間だろう。

「せやけど、何もこんな時に言わんかてええでしょ」

元気のいい声だ。新藤はその声で女の正体を思いだした。つい苦笑が漏れる。

「やかましい女やな。わしはおまえなんかに用はないんや。福島の女房に話があるて言うとるやろ」

「まあ待てや」

と新藤はその男の肩に手を置いた。男はぎくっとしたようにふりかえった。

「なんじゃや、おまえは？」

「女相手に啖呵《たんか》きったかてハクはつかんやろ。今日一日ぐらい辛抱したれや」

新藤は手帳を出すふりだけをした。だがチンピラはそれだけで察したようだ。途端に顔色を変えた。

「そら……一日ぐらい待ったかてかめへんけど……被害者はこっちやねんからな」

「わかった、わかった」

新藤は男の肩を叩きながら何度も頷いた。するとようやく男はあきらめたのか、雪江たちのほうをひとにらみすると、細い道を歩いていった。

「どうもありがとうございました」

雪江が頭を下げたが、新藤は軽く会釈《えしやく》しただけで、すぐに黒いスーツの女の方に目を移した。

「先生に任せといてもよかったかもしれませんな」

「格好つけて。もっと早うに出てこんかいな」

しのぶは唇を突き出した。

曇り空の下、霊柩車《れいきゅうしゃ》はもったいぶったような速度で走りだした。その滑稽《こっけい》なほど派手に装飾された後ろ姿を、しのぶは友宏、則夫の兄弟や新藤と一緒に見送った。焼き場へは雪江ひとりが行ったのだった。

「あんたらはこれからどうするんや？」

しのぶは友宏たちに訊いた。

「家に帰る」

と友宏は答えた。「いろいろとやることがあって忙しいんや」

「学校はいつから来れそうや？」

「暇《ひま》ができたら行くわ」

友宏はそう言い捨てると、アパートに向かって歩きだした。則夫もそのあとについた。

「しっかりしてますな、きょうびの小学生は」

新藤が感心したように言うと、「あんなんを四十人も面倒みてるこっちの身にもなってほしいわ」としのぶはため息をついた。

しのぶと新藤はならんで歩き始めた。小学校に向かう道だ。今日は土曜日だから、そろそろ子供たちが学校を出るころだろう。

「あっそうや、この前はどうもすいませんでした」

しのぶは新藤の額を見て言った。コブが青黒く変色し始めている。

「いや、こっちも悪いんやから……それにしても先生はなかなか気が強いんですねえ。チンピラ相手に負けてへんかったやないですか」

「そんなことありません。内心震えてたんやから」

「そんなふうには見えへんかったけどなあ。僕はまた、例のハイヒールが出るのかと思とった」

「ふん」

大路小学校の裏は、美原《みはら》神社になっている。しのぶはこの学校に来てから数年たつが、この神社が何を祭《まつ》っているのか未《いま》だに知らなかった。

小学校と神社の中間あたりで、バンの後部を屋台に改造したたこ焼屋が店を出していた。そういえば福島文男が以前ここで同じようにたこ焼を売っていたという話を、太田美和という女子の作文で読んだなと、しのぶは思いだした。

新藤は屋台の前で鼻をひくひくと動かした。

「ええ匂いするなあ。先生どうですか？　一皿二百円やそうですよ」

「つきあいましょ」

しのぶはすぐに話にのった。たこ焼には目がないのだ。

たこ焼屋のおやじは、五分刈《ごぶが》りにしたゴマ塩頭に、日本手ぬぐいを鉢巻《はちま》きがわりに巻いていた。バンの天井に頭がつきそうな苦しい格好で、くるくると手際《てぎわ》よくひっくりかえしていく。そして発泡スチロール製の二つの皿にたこ焼を並べてのせると、たっぷりとソースを塗り、青海苔《あおのり》をふりかけた。食欲をそそる匂いが、もあーと漂《ただよ》ってくる。

「ところで犯人の目星はついてるのですか？　はふはふ」

しのぶはたこ焼をひとつほおばりながら訊いた。

「いま調べてるとこです。もうちょっと待ってください」

新藤も口から湯気を吐きながら返事した。

「なんや……さえへん……もぐもぐ……答えやな。庶民は高い税金払《はろ》うてるねんで」

「税金から給料貰《もろ》てんのはおたがいさまですがな」

「あたしはきっちり……はふはふ……仕事してます」

「我々かてちゃんと、やってますがな」

「たこ焼なんか、たべてる場合と違うと思うわ。はっきり言うて」

「ちょっと、おたくら」

二人がたこ焼を口に入れたまま議論していると、たこ焼屋が急に二人の会話に入りこんできた。「喧嘩はええけど、どっかよそでやってもらえまへんか？ そこでタコ食いながらやられたら商売の邪魔やねんけどな」

「ほかに客なんかおれへんやんけ」

と新藤はまわりをみた。

「今はおれへんけど、もうすぐ学校終わった子供がぎょうさん来るんや。稼ぎ時やねんからな、土曜日は」

「それやったら誰か来たらどいたる。だいたいこんな狭い道で店を出すというのが間《ま》違《ちご》うとるんや。ここは駐車禁止やんけ。他の車が通ろうと思ても、通られへんで」

「車がきたら動かしまっさ。大阪はどこもこんなもんや。そんなこと気にしとったら食うていかれへんわい」

「道端《みちばた》に止めんと、ここに車を入れたらええのに」

しのぶは学校と神社との隙間《すきま》を指した。細い路地といったところだ。

「メチャクチャ言うたらあかんわ。こんな狭いとこに車が入りまっかいな」

「そんなことないやろ、見たところ入りそうやで。ギリギリかもしれんけど」

「そら、入るぐらいはできるかもしれんけど、運転席から出られまへんで」

「そうか、ドアがあけられへんわな」

新藤がたこ焼を手に持ったまま、路地をのぞいて言った。しのぶが「あっ」と声を出したのはこの時だ。驚いて新藤は彼女を見た。

「どうしました」

だがしのぶはすぐに答えず、しばらくぼんやりと視線を宙に浮かせた後、

「ちょっと、これ持っといてください」

と自分のたこ焼を新藤に渡した。そして彼が次に何か訊こうとした時には、例のものすごい勢いで駆けだしていたのだ。

「ちょっと、竹内先生」

新藤は一瞬面くらったが、直感的に事態を把握《はあく》した。彼女は何か気づいたのだ。おそらく事件に関すること。こうしてはいられないと新藤は焦《あせ》った。少なくともたこ焼の皿を両手に持って、呆然《ぼうぜん》としている場合ではない。

彼はそばを歩いていた子供にたこ焼をあげると、猛然《もうぜん》と走りだした。急げばまだ追いつく――。

一方追いつかれてはならないと、しのぶは全力疾走《しっそう》していた。なんとか刑事をまき、時間を確保したかった。

「おーい、せんせーい」

新藤の声が後方で聞こえた。さすがに今日は本気で走っているようだ。追いつかれるのは時間の問題だろう。なんとかしなくては――。

「おっセンセ、何やってんねん？」

ここで彼女の前に現れたのは、原田、畑中をはじめとする悪たれグループだった。今日は担任のしのぶがいないので、早々に学校を出てきたらしい。いつもは憎たらしいガキだと思っているが、この時だけは天の助けに見えた。

「ちょっとあんたら、後ろから走ってくるあのオッサンをくいとめといて」

「なんや、センセも男に追いかけられることあるねんな」

のんびりと喋る畑中の頭をしのぶはひっぱたいた。

「なんでもええから頼んだで。うまいことといったら一週間宿題無しや」

オーッと子供たちは歓声を上げた。非常事態だ、しかたがない。

「わわわ、なんやおまえら」

原田たちが手をつないで待ちかまえていたので、新藤はさすがに驚いたようだ。しかも子供たちは彼の服にしがみついて離れようとしない。

「うわ、やめてくれ。服が破れるやんけ」

新藤が原田たちにつかまっている間に、しのぶは福島友宏のアパートに向かった。

9

アパートについた時、しのぶはまるで飢《う》えた虎みたいに荒い息をしていた。戸をあけた友宏は、「どないしたんや?」ときょとんとした顔をした。

「説明は後や、入るで」

しのぶは友宏の返事を待たずに入り込むと、外をちらっと見たのち戸を閉めて鍵《かぎ》もかけた。新藤はまだやってこないようだ。

「なんやねん、急に?」

「ええから、そこに座り」

しのぶは友宏を座らせると、自分もその前で正座した。「正直に言い」

「なにを？」

と友宏は横を向いた。

「ほんまのことを言うんや。今のうちやったら、先生がなんとかしたる」

「僕、うそなんか言うてへんで」

「ごまかしたかてあかん。あんた、軽トラの運転できるやろ？」

友宏の表情がさっと変わった。目を下にそらし、牡蠣《かき》のように口を閉ざした。

「あの夜何があったんや？　なあ、先生にだけ言うてえな」

だが友宏は口を開かなかった。とにかく黙っていることが最善の策と信じているみたいに。

もう一言しのぶが言おうとした時、突然激しく戸を叩く音がした。「先生、ここにいるんでしょう？」は新藤の声だ。

「いったい、どないしたんです？」

新藤はやがて台所の窓から顔をのぞかせてきた。彼のうしろに原田や畑中の姿も見える。

「センセごめん、逃げられてしもてん」

原田があやまった。

「どんくさい子らやな。しっかりつかまえとかんかいな」

「先生、とにかくちょっとここを開けてください」

新藤と数人の子供が口々に喋るので玄関は大混乱だ。そこへ何の騒ぎかと隣室の山田徳子が出てきて、「あんたらなんや、警察呼ぶで」などと言いだしたのでさらに話がややこしくなった。

「おっ、なんかしらんけど派手にやっとるな」

そこへのっそりと現れたのが漆崎刑事だ。子供が集まって何をしているのかと見ると、中に新藤がいるので目を丸くした。

「おまえ何やってんねん？」

「あっ先輩。中に福島友宏の担任の先生が籠城《ろうじょう》してるんです」

「籠城？　なんでや？」

「それは……」

新藤は返事に詰まった。「知りません」

「あほめ」

漆崎は子供をかきわけて台所の窓に近づくと、「友宏くんにちょっと聞きたいことがあるねんけどな。玄関開けてもらえんやろか？」と呼びかけた。するとしのぶが窓から顔を見せた。

「今、家庭訪問中なんですけど、訊きたいことやったらあたしが代わりに訊きます」

「ほう、先生ですか。この前はうちの新藤がえらいお世話になったそうで」

と漆崎は丁寧《ていねい》におじぎをした。「ところで友宏くんに、車の運転をやったことあるかどうか訊いてもらえませんか？」

「あわわわ」

としのぶは首をひっこめた。そして友宏の肩をつかむと激しくゆすった。

「ほれみい、警察にはもうバレてるやんか。正直に白状しい。自首は罪が軽なるんや」

だが友宏は黙ったままだ。業《ごう》を煮《に》やしたしのぶは、決心して玄関の鍵をはずした。戸の向こうでひしめきあっていた新藤や子供たちがなだれこんできた。

「福島くんが全部話してくれるそうです。自首ですから何卒情状酌量《なにとぞじょうじょうしゃくりょう》を……」

「先生」

と一番最後に入ってきた漆崎が靴を脱ぎながら苦笑いした。「あんまり興奮せんと。皺《しわ》が増えまっせ」

「はあ……すいません」

「ほかの子供らを外に出してもらえますか。あんまり聞かせとうないですから」

「あ、はい。こら、あんたらは外で待っとき」

不満そうな原田たちを玄関の外に出し、一応静かになった。友宏と漆崎が向かいあって座り、その横に新藤としのぶが座る。

漆崎はゆっくりとした動作で煙草をくわえると、うまそうに煙を吐いた。そしてまず友宏に、

「あの夜、おかあちゃんが帰ってきたのは何時頃や？」

と訊いた。依然として少年はうつむいている。「正直に答えなあかんで」と横からしのぶが口を挟《はさ》んだが、漆崎はまあまあと押さえる手つきをした。

「十一時よりちょっと前と違うか？」

「…………」

「おかあちゃん、帰ってきてから何て言うた？」

「…………」

「おとうちゃんを殺してしもた、とでも言うたか？」

へっ、という妙な声を漏らしたのはしのぶだ。彼女はあわてて口を押さえた。

「黙っててもかめへんけど、どっちみちわかることや。心配せんでも警察は君ら親子

の悪いようにはせえへんで」

するとそれまで黙っていた友宏が唇をふるわせながら、「おかあちゃんが悪いのと違う。あのオッサンが悪いんや」と叫んだ。それに対して漆崎は、「わかってる、わかってる」と何度も頷いた。

「あのー、漆崎さん。いったいこれはどういうことなんですか？」

新藤がおそるおそる訊くと漆崎は、「共済保険や」と言った。

「共済保険？」

「雪江はおもちゃ会社の正社員になって、いろいろと待遇が変わったという話があったやろ？　安い掛け金で保険金をもらえる共済保険もそのひとつや。さっき則夫くんが持ってた社員手帳をめくってたら、共済保険の頁《ページ》にえらい折り癖がついとってな。聞いたら文男が見とったという話や。これはもしかしたらと思うて、会社に調べにいったら、やっぱり雪江は二千万円の生命共済に加入しとった。ここで俺はピンときた。雪江が文男を殺そうとしたんやのうて、その逆やないかとな」

「文男がその金を目当てに雪江を……」

「軽トラを使ったのは死体を処分するためやろな。どこまでも腐《くさ》った男や。雪江の退社時刻を狙《ねら》って、会社のそばで彼女を拾うと、大和川の堤防まで行って殺そうとしたんやろ。ところがアル中の体力不足ではそんな力は出えへん。雪江に抵抗されたら逆に自分の方がトラックの角に頭をぶつけてあの世行きや。雪江の退社時刻から計算すると、たぶんそれが十時頃」

「それから雪江がここに帰るとなると……十時四十分頃ですね。けど軽トラは十一時頃にここを出たという証言がありますよ」

「そこが不思議な点や。しかしよう考えたら、軽トラが十一時頃にここを出たというだけで、それを運転してたのが文男とはかぎらんわな。そこで思い出したのがN建設のことや。あそこには同じような軽トラが夜中でも放置してあるという話やったな。つまり文男以外の誰かがあそこから軽トラを失敬してきて、さも文男が出ていったみたいに見せかけたらええわけや。トリックを考えたのは……おかあちゃんか？」

漆崎が友宏の顔をのぞくと、少年は怒りに満ちた目を刑事に向けた。

「おかあちゃんは警察に届けるて言うたんや。それを僕が止めたんや。あんなオッサンのために刑務所に入ることなんかあらへん」

「それで君が例の建設会社から軽トラを失敬してきて、さも文男が十一時頃に出かけたみたいにみせかけたわけやな。軽トラに乗って出ていくところを隣のおばはんに見せたりして」

「あの会社に、いつも鍵がかかってない軽トラが何台も置いてあるということは前から知ってたから……ここからあそこまでは二百メートルぐらいしかないから、乗ってきてまた返すぐらいはできる自信があった」

「単純なトリックや。けど、まさか小学生に軽トラが運転できるとは思わんかったからな。見事にだまされたわ」

言い終えたあと、漆崎はしのぶのほうに向き直って、

「以上が真相ですわ」

と言った。「犯人は雪江、友宏くんは共犯ということになりますな。けどさきほど先生が言われたように、情状酌量の余地は充分にあると思います。それに……」

と漆崎は友宏を見て笑った。

「先生の話では、この子は自分から白状したそうやし」

しのぶは漆崎の真意を読みとると、「ありがとうございます」と頭を下げた。

全員が外に出た時、ちょうど喪服姿の雪江がもどってきた。彼女は刑事や友宏の様子から全《すべ》てを察したようで、はっと息をのんだあとは何も言わずその場に立ちつくした。

「おかあちゃん」

皆が見守る中で、友宏が雪江に駆けよった。「ごめん、全部バレてしもたわ」

母親は右手をそっと息子の肩に置いた。

「そうか……しゃあないな」

「奥さん」

と漆崎が二人に歩みよった。「日本には、正当防衛という解釈があるんですわ。いらん心配しはりましたな」

「どうもお手数かけて……」

雪江は深々と頭を下げた。

「やれやれ、あんじょう先輩にええ格好されてしもたな」

パトカーを待つ間、新藤はしのぶ相手にグチをこぼした。「けど、先生はなんで友宏くんが怪しいてわかったんですか？　たしかたこ焼を食べてる最中に急に何かに気づいたみたいやったけど」

しのぶはいたずらっぽい目で新藤を見上げた。

「福島君のおとうさんが昔たこ焼屋をやってて、学校と神社の間の路地に車を入れて店を出してたという話を生徒の作文で読んだんですわ。その時に友宏くんも手伝《てつど》うてたということも。けどさっきのたこ焼屋さんは路地に車を入れたら運転席から出られへんて言うてはったでしょ。そしたら福島さんはいったいどうやって車を入れたんかなあて考えてて、もしかしたら友宏くんが運転したんやないかと思うたんです。子供やったら少々狭い隙間でも通れるから」

「なるほど、それで友宏くんに軽トラの運転ができることがわかったわけですか。見事な推理やな」

「けどあたしは友宏くんがお父さんを殺したものと考えたんですわ。子供を信用できんとは教師失格や」

しのぶは吐き捨てるみたいにして言った。

パトカーが到着した。漆崎と新藤は雪江を間にして乗り込んだ。発進する時漆崎がふりかえるとしのぶが手を振っていた。

「なかなかべっぴんな先生やないか。もうちょっと短いスカートを穿いてくれたら最高やけどな」

「そんなこと聞こえたら、またハイヒールのかかとでどつかれまっせ」

「さて……と」

パトカーを見送った後、しのぶは友宏の顔を見た。「大丈夫や、お母さんが悪いのと違うねんから、重い罪にはなれへん」

　すると友宏は泣き笑いのような顔をして言った。

「心配せんといて、いざとなったら僕がたこ焼屋をやって則夫の面倒ぐらいみたるわ。その時はセンセ、買いに来てや」

「わかってる、わかってる」

「センセ用にタコをぎょうさん入れたるよってな」

　しのぶは何か胸がいっぱいになってくるのをこらえながら、「……あほ」と友宏の頭をポンと叩いた。

しのぶセンセと家なき子

1

　東大阪市の西端、もう少し行けば大阪市生野《いくの》区に含まれるという位置に、近鉄布施《ふせ》駅がある。その南側にはアーケードをつけた商店街があり、様々な店がびっしりと軒《のき》を並べていた。見てくれは悪いが、活気だけは余っているという感じの店が多い。

　商店街の中程にある中村電器店は、その中でも最近特に活気づいている店といってよかった。大流行のファミリー・コンピューターを、何処《どこ》よりも早く仕入れて大々的に売り出すことにより、この近辺の子供客を完全に摑《つか》んだのである。今ではこの店のファミコン売り場は、小学生や中学生の溜《たま》り場のようになっていた。

　店主は禿頭《はげあたま》のおやじである。子供たちがデモ用のゲームで遊んでいるのを横目に、壊れたコントローラーの修理をしている。彼の最近の仕事といえば、七割がファミコン機器の修繕《しゅうぜん》だった。

その彼に一人の小学生が近づいていった。スタジャンを羽織《はお》り、両手をズボンのポケットにつっこんだ生意気な格好だ。おやじはずり下がった眼鏡《めがね》越しに彼を見ると、「田中か」とつぶやいた。

「何かないか？」

少年がおやじの手元を眺《なが》めながら訊《き》いた。おやじは顎《あご》をかいた。

「この前のやつはどうやった？　わりにイケたやろ」

「あれか」

少年はため息をついた。「ちょっと手ごたえが足らんかったな。ワザ覚えたら、一発で全面クリアや」

「そら、なんでもそうや」

そういいながら禿頭のおやじは横の引き出しからディスク・カードを取り出してきて、少年の前にポンと置いた。「今のとこは、これぐらいしかないな」

「『未来都市』か」

少年は手にとってつぶやいた。「大したことない、いう噂《うわさ》や」

「文句いうのやったら、買わんでもええで。あんたが来ると思て、とっといたんやからな。ほかに何ぼでも買う者はおるんや。ただし売れたら最後、今度いつ入るかわからんで」

親父は禿頭をぽりぽり掻《か》きながらいった。

「わかった、わかった。いつもこうや」

少年はポケットから財布を出すと、代金をおやじの前に置いた。おやじはディスクを紙に包んで、彼に渡した。

「また頼むで」

少年は紙包みを持った手を、おやじに小さく振ってみせた。


大路《おおじ》小学校六年五組の田中鉄平は、ファミコンの腕前にかけては校内でも一、二位を争う名手である。なにしろ、昭和六十年の科学万博に行った時などは、一度もやったことがないという新型のテレビ・ゲーム機にチャレンジして、いきなり最高点を出したほどなのだから。

だが彼の名人芸は、その才能だけでなく、情報の速さにも頼るところが大きかった。新しいソフトが開発されるやいなや、そのディスクなりテープなりを購入し、さらに本屋に行ってウラ技本をさがすのである。そしてクラスの仲間がそのゲームに取り組みはじめた頃には、鉄平はすでに奥義《おうぎ》をマスターしているというわけだ。友達の前で、ちょっとやって見せて驚かせるというのが、彼の最高の楽しみなのだ。

その彼が愛用しているのが、中村電器店だった。

新作ゲーム・ソフトは、発表されるなり奪いあいとなる。急いで店に行ったが、売り切れだったというようなことが、しばしばあるのだ。その点鉄平は、禿頭の店主と懇意《こんい》にしているので、彼の分をちゃんと確保してもらっている。もちろんそうなるまでには、彼はかなりの額の投資を店にしている。小遣いのほとんどを投入しているといっても過言ではなかった。

そしてこの日も鉄平は新作を手に入れ、少し気をよくして店を出た。

店を出た彼は、横に停めてあった自転車の籠《かご》に紙包みを入れると、鍵をはずしてサドルにまたがった。そしてゆっくりと動きだそうとした時、彼の左後方から何か黒い影が近づいてきた。

あっと声を出す間もなかった。影は自転車の籠に入っている包みを奪うと、そのまま近くの路地に駆けこんでいったのだ。あまりの早技に、鉄平はしばらく呆然《ぼうぜん》としていた。

「あっ、ちきしょう」

我に返った鉄平は、自転車から降りると自分もその路地に入った。途中の別れ道を、人影が左に曲がるのが見えた。鉄平と同じくらいの少年だ。

鉄平は追った。今月の小遣いをはたいて買ったものなのだ。一度も遊ばないうちに、盗まれるわけにはいかなかった。

このあたりは商店街を挟んで小さな家が密集している。つまり、道が迷路のように入りくんでいるのだ。鉄平も土地カンはあるほうだが、相手はそれ以上らしい。複雑なルートを選んで逃げている。そしてやがて鉄平が広い通りに出た時、相手の少年の姿はどこにもなかった。

「ちきしょう、やられた」

鉄平は道路を蹴《け》ってくやしがった。

2

バットひと振り、打球はセカンド・ベースのはるか上を通過して、センターの位置にある校舎の二階付近に直撃した。

「よっしゃ、ホームランや」

自分のバッティングに納得したように頷《うなず》くと、しのぶはゆっくりとベースを回りはじめた。味方チームは手を叩いて喜んでいる。

「チェッ、なんちゅうクソ力や」

ピッチャーをしていた畑中は、口をとがらせてぼやいた。「あれでは嫁《よめ》の貰《もら》い手がないはずやで」

「なんかいうたか？」

ホームインすると、しのぶはマウンドに近づいていった。畑中はグラブで口を隠す。しのぶは両手を腰にあてて、守備についている子供たちを見まわした。

「だいたいそっちのチーム、今日は元気がなさすぎるで。三回で、八対一や。やる気あんのか？」

「僕はやる気まんまんやで」

と畑中は答えた。それから急に声を落として、「たるんでるのは原田と田中や。あいつら今日は、打てば三振守ればエラーやねん」といった。

「そういうたら、そうやな」

しのぶは二人の方を見た。ショートを守っている田中鉄平もサードの原田も、何かほかのことを考えているみたいに、うつむいて地面を蹴《け》っている。二人ともソフトボールは得意で大好きなはずだ。

何かあるな――教師のカンで感じとった彼女は、小さく頷《うなず》くと自軍の方に引き上げることにした。

「ゲームを盗られた？」

「うん」と鉄平は力なくうなだれた。「小遣いはたいて買《こ》うたのに……」

「あんたもか？」

しのぶが原田を見ると、彼も愛想笑いしながら頭を掻いた。

「どんくさい子やなあ」

しのぶは二人の顔をしげしげと眺めたあと、思いきり深いため息をついた。昼休みに二人を職員室に呼んで体育中の怠慢《たいまん》プレーについて問いつめたところ、ファミコン・ソフトを奪われたという話を聞かされたのだった。

「同じ日に二人の子供がひったくりに遭《お》うて、それが二人ともうちの組の生徒やねんからなあ」

「けどあいつ常習犯やで。えらい手際《てぎわ》が良かったもん」と鉄平。

「しょうむないことに感心してる場合かいな」

しのぶはうんざりした顔を作った。「それで、家の人にはちゃんというたんか？」

とんでもない、という顔をして二人の子供は首を振った。

「おとうちゃんに、どつかれるだけや」

「うちは、おかあちゃんや」と原田もいった。

「まずいなあ、警察に届けるのが筋やで」

「けど」と鉄平は口ごもってから、「僕、もう諦《あきら》めるわ。盗られたものは、しょうがないもん。これから気をつけるわ」

「なんや、えらい消極的やな」

「男は諦めが肝心《かんじん》や。早よ忘れたいねんから、センセもこの話はもうせんといてや」

そういうと鉄平は回れ右をして歩きだした。原田もそれに続くが、二人とも情けなく肩が落ちている。「ちょっと待ち」としのぶが声をかけた。二人は年寄りのような緩慢《かんまん》な動作で振り返った。

「布施の駅前ていうたな。よっしゃ、今日帰りに案内して」

えーっと、二人の子供は目を丸くした。

「センセ、まさか犯人を捕まえる気とちがうやろな?」

心配そうな顔で原田がきく。「あたりまえや」としのぶは胸をはった。

「生徒が落ちこんでるのに、黙って見てるわけにはいけへんやろ。やるで、あたしは」

「やめといた方がええと思うけどな」

原田は上目遣いに彼女を見た。「ますます嫁の貰い手がなくなるで」

「つまらんこと、いわんでよろし」

しのぶは原田の頭をポカリと叩いた。

「けどセンセ、あいつメチャメチャ足速いで」

鉄平が、昨日のことを思いだすように宙をにらみながらいった。「僕でも全然追いつかれへんかったもん」

「まかしとき」

しのぶは胸を叩いた。「足には自信あるねん。これでひったくりの犯人を捕まえたら、警視総監賞でも貰えるかもしれんな」

陽気に笑うしのぶを、二人の子供は複雑な表情で眺めていた。


そしてこの日の放課後。

「何や、えらい賑《にぎ》やかやなあ」

鉄平と原田を連れて駅前商店街に向かっていたしのぶは、狭い道に人だかりがしているのを見ていった。

「何かあったみたいやで。パトが来てる」

と原田。みるとたしかに、人垣の向こうでパト・ライトが回っている。

しのぶは背伸びをしながら人垣の後ろについた。煤《すす》けた長屋の一軒が開け放たれ、警官や、何かわからない制服を着た男、それから背広を着た男たちが忙しそうに出入りしていた。

「あっ、どっかで見たことのあるオッサンがおるで」

原田に肩車させていた鉄平がいった。「いつかの刑事や」

「どこや？」

鉄平の指差す方を見ると、見覚えのある長身が目に入った。大阪府警捜査一課の新藤刑事だ。その隣にいるドブネズミ・ルックの男は新藤の先輩の漆崎刑事だろう。二人には以前、ある事件で世話になったことがある。

「また何かあったんかなあ？」

原田の肩から降りながら、鉄平は首を傾《かし》げた。

「そうかもしれんね。あの人らは殺し専門やから、殺人事件でもあったんやろな」

「こわい所やなあ。これやから大阪は嫌いやねん」と原田。

「何いうてんね、自分が住んでるくせに」

「けど殺しはあるし、ひったくりはおるし、ロクな町と違うで」

「そう思うのやったら、しっかり勉強して将来は政治家になり。で、この町を清く正しくしてちょうだい」

そんなことをいっていると、しのぶは突然後ろから肩を叩かれた。振り返ると、紺《こん》のセーラー服を着た少女がしのぶを見て微笑《ほほえ》んでいた。ショートカットの、ややボーイッシュな感じのする娘だ。しのぶはすぐに思い出した。

「梶野《かじの》さん、久しぶりやねえ」

二年前に大路小学校にいた梶野真知子《まちこ》だった。直接教えたことはないが、人気者のしのぶは大抵の女子生徒と顔馴染《なじ》みなのだ。

「センセ、こんなところまで何しに来はったん？」

真知子は鉄平たちの顔を横目に訊いてきた。しのぶは、さすがに中学生になると多少言葉遣いに成長があると感心しながら、

「うん、ちょっとこの子らの付き合いで……。それよりあんたは？」

と訊いた。真知子の家は、大路小学校の近くのはずなのだ。

「うちの貸家がここにあるんです。それが、店子《たなこ》の人が殺されたとかで、お父ちゃん

が呼ばれたんです。あたしはまあ、ヤジ馬で見に来ただけですけど」

「ふうん、あんたとこの貸家で事件があったん」

しのぶはもう一度伸び上がって現場を眺めてみた。

「センセは刑事に顔が利《き》くよってな、困ったことがあったら相談したらええで」

鉄平が横から口を挟んだ。「あほ」としのぶが叱《しか》ったが、真知子は面白そうだ。

「そら、ええこと聞いたわ。センセ、よろしくお願いします」

「アホなこといいなや、あんたまで」

そうしてしのぶは真知子と別れると、鉄平と原田を連れて商店街に向かった。

中村電器店は、今日も子供たちでいっぱいだった。彼等は自分で買うだけの財力はないのだが、主にデモ機で遊ぶことを目当てにやってきているのである。ディスプレイの前には、順番待ちの列が出来ていた。

「ここで自転車に乗ったんやね？」

店の脇に、まるでパチンコ屋のように自転車が並べてあるのを見ながら、しのぶはきいた。鉄平と原田はゆっくり頷く。二人とも、全く同じ手口でやられているのだ。

「たぶん犯人は、どっかから店を見張ってて、カモになりそうな客が出てくるのを待ってたのやろな」

しのぶは腕組みしていった。

「なんか、僕らがアホ丸出しの顔してるみたいやな」

鉄平がむくれる。

「そら、しょうがないわ」としのぶはいった。「実際、カモになってるねんからな。まあ、カモがネギしょって、おまけにぼーっと歩いてるように見えてんやろ」

「ムチャクチャやな」

「せやから名誉挽回《ばんかい》や」

そしてしのぶは、犯人が逃げこんだという路地に足を踏みいれた。幅が一メートルちょっとで、路地というよりも建物の隙間《すきま》といったほうがいい。ドロと小便が混ざったような臭いがした。

「こんなとこに入っていって、行き止まりになれへんの？」

「ところが、なれへんねん」

鉄平が解説した。「道を間違えたらあかんけどな。慣れたら、こういう道を使うほうが便利やで」

「ふーん」

しのぶは納得したように二、三度首を縦《たて》に振ると、その路地をどんどん進んでいった。

「そこを左や」

別れ道にかかったところで、後ろから鉄平がいう。しのぶはいわれた通りに左に曲がった。

すると少年がいた。

しのぶも驚いたが、相手もびっくりしたようだった。少年は切れ長な目を、大きく見開いている。その時後ろから、鉄平たちがやってきた。

「なんやセンセ、何やってるね……」

それから鉄平は、「あーっ」といって前の少年を指差した。それと同時に少年は、くるりと身を翻《ひるがえ》して猛然《もうぜん》と駆けだした。

「あいつや、ひったくりや」

何かにつけて、ちょっと反応の鈍《にぶ》い原田が叫んだ頃には、しのぶと鉄平は少年を追って走りだしていた。しのぶの今日の服装は、ジーパンにスニーカーである。

「センセッ、そこ右や」

しのぶの背後から鉄平の声が飛んでくる。道順を指示してくれているのだ。つまり相手の少年の姿は、もう前には見えないのである。しのぶは鉄平が、「足がメチャメチャ速い」といっていたことを思いだした。たしかに速い。細い道は子供の方が有利とはいえ、それを差し引いてもかなりのものだ。

そして、しのぶたちはやがて表通りに出た。少年の姿はどこにもない。後から駆けてきた鉄平がくやしがった。

「昨日もここで撒《ま》かれたんや。またやられた」

しのぶはもう一度通りを見回した。やはり、いない。夕飯の準備に向かう、主婦たちの姿があるだけだった。

3

死体は、ひょんなことから発見されたのだった。

まず隣の住人の子供が、五寸釘《くぎ》で遊んでいて、壁に打ちこんでしまったのだ。隣の壁に突き出ていたら大変と、落語の『宿替え』さながらに母親が謝りに行ったところ、血まみれになって部屋で倒れている死体を見つけたのである。血は死体の胸からあふれており、そして凝固《ぎょうこ》を終えていた。なおこの時、玄関の鍵はかかっていなかった。

早速所轄署《しょかつしょ》に連絡が入り、しばらくして大阪府警からも捜査員が駆けつけた。

死んでいたのがこの家の主人の荒川利夫《としお》だということはすぐに判明した。玄関を入るとすぐに、台所とひと続きになった四畳半の間があるのだが、利夫はそこであおむけで倒れていた。

「凶器は先端が鋭利《えいり》な一側刃性の刃物ですな」

外様所見を、鑑識の責任者が述べた。聞いているのは所轄署や府警本部捜査一課の捜査員たちである。もちろん漆崎と新藤のコンビも中に入っている。

「一側刃性……というと？」

長身の新藤が、漆崎のメモをのぞきこみながら小声で尋《たず》ねた。

「なんや、そんなことも知らんのか。片刃の刃物のことや。さしみ包丁、デバ包丁、まあそんなとこやな」

漆崎はまわりを気にせず大きな声で答えた。

「次に死後経過時間ですが」

鑑識係は、死斑《しはん》と死後硬直から判断すると死後約四、五十時間経過ぐらいだろうと説明した。

ということは二日前だな、と漆崎は考える。だが死後硬直というのは個人差があるし、一概《いちがい》にいえるものではない。それに付近の聞き込みの結果によっては、多少の変更もありうる。いずれにしても、正確な数字は解剖を待ったほうがいいだろう——。

鑑識係も漆崎が考えていたようなことを補足して、外様所見の説明は終わった。

「部屋の中を荒された形跡もないし、被害者のポケットには財布が入ったままでした。もっとも財布の中身は六百二十円ですが」

所轄署の石井刑事が、漆崎たちに現場の状況を説明してくれた。石井は、もう少し痩《や》せていたら女性にもてるだろうと思える好男子である。しょっちゅうズボンを上げているが、どうやらそれが癖《くせ》らしい。

「凶器は見つかりましたか？」

漆崎がきいた。

「ざっと調べましたが見つかりません。台所に包丁の類《たぐい》はありますが、どれも該当《がいとう》せんようです」

凶器は重要な証拠になる。犯人が持ちさった可能性は大きいと漆崎は思った。

「被害者の仕事は？」

すると石井は、少し困ったような表情をつくった。

「それがはっきりせえへんのです。日雇《ひやと》いのようなこともやってたようやし、ぶらぶらしとったようでもある。まあこれは近所の人間の話ですけど」

「ふうん、無職か」

「半年ほど前に、ここに引っ越してきたらしいですな。ただし区役所にはまだ転入届けが出てないらしいです」

「家族は？」

「男の子供が居《お》ったらしいです」

「居った？」

はあ、と石井はシャープペンシルの頭でこめかみの辺りを掻いた。

「何日か前まではたしかに居たらしいですけど」

「今は居らんのですか？」

「そういうことです」

石井は、まるでそれが自分の責任のように眉《まゆ》の端《はし》を下げた。

「奥さんは？」

「引っ越してきた時には、被害者とその息子の二人だけやったということです。家主が被害者の元の住所を知っていましたので、今調べているところです」

「なるほど」

このあと漆崎と新藤は、その話に出てきた長屋の家主から話を聞くことにした。家主は、梶野政司《せいじ》という五十過ぎの男である。カーディガンで覆《おお》った腹が、妊婦のように突き出ている。

「どうでしょう？」

気の弱そうな目を漆崎に向けて、梶野の方が訊いてきた。

「どう、といいますと？」

「犯人の目星みたいなもんは付きそうですか？」

「そら、皆さんの協力次第です」

漆崎は口元を緩《ゆる》めた。そして梶野の隣に立っていた、セーラー服姿の少女に目を移した。「こちらは？」

「娘です」梶野は答えた。「娘の真知子です」

「ほう」

漆崎の顔全体が緩むのを新藤は横目で見ていた。なぜか漆崎は、セーラー服を見ると表情がだらしなくなるのだ。

「最近の中学生というのは、なかなか大人びているんですな」

緩んだ顔のまま漆崎はいった。本当は、「発育がいい」だとか、「色気がある」とかいいたいに違いないのだが。

「では質問にかからせてもらいましょうか」

父親の方に視線を戻すと同時に、漆崎は無愛想な顔つきになった。

梶野は、殺された荒川利夫の前の住所はわかるが、職業や経歴などは全然知らないと答えた。金さえ貰えればいいので、うるさく詮索《せんさく》したりはしないのだということだった。

「家賃はきちんと払ってたんですか？」

漆崎の質問に、梶野は渋い顔を振った。

「はっきりいうて、三月分溜まってます」

「そうすると、時々は催促《さいそく》に来てはったんでしょうな」

「そら、時々は……。こっちも商売ですからねえ」

「最近ではいつ頃？」

すると梶野はちょっと考える顔つきになって、「えーと……一週間ぐらい前やったと思います」と答えた。

「その時に何か変わった様子はなかったですか？　その時でなくても、荒川さんが殺されたことについて、何か思いだしてもらえたらありがたいんですが」

梶野はしきりに首を捻《ひね》っていたが、結局何も心当たりはないと答えた。

次に漆崎と新藤は隣の家に行って、死体を発見したという主婦に会った。阿部紀子《のりこ》という太った四十前ぐらいの女で、小学校三年になる息子がいる。その息子が五寸釘を壁に打ちこんだのだった。

「ほんまにウチの子が、しょうむないことしまして……」

紀子は、それが事件の原因であるように恐縮していた。

「荒川さんの家とは付き合いはあったんですか？」

漆崎がきくと、彼女は右の掌《てのひら》と首を振った。

「全然ありません。道で顔を合わせても挨拶もせえへんし……。うちに限らず、どの家とも付き合いなんかなかったと思いますけど」

「そうすると、どういう人間が出入りしてたかも御存知ありませんか？」

紀子はしばらく考えたのち、「知りませんなあ」と申しわけなさそうにいった。

「事件が起きたのは二日前とみられてるんですけど、何か心当たりありませんか？」

「二日前……おとといですねえ」

何も、といいかけて彼女は口を止めた。そしてポンと手をうった。「そうや、あれはたしかおとといのことやわ」

「何かあったんですか？」

「はっきりとはわかりませんけど、誰か来てたみたいです。それで途中で、家全体が響くような音がしました」

「どんな音でした？」と漆崎は身を乗り出す。紀子は、「つけもの石を落としたような音」と形容した。このあたりの家は、石を落としただけで響くらしい。

「それは何時ぐらいでしたか？」

紀子はそばに置いてあった時計を一瞥《いちべつ》して、「四時ぐらいやったと思います」と答えた。

漆崎は新藤の方をちょっと見て、それからまた紀子に視線を戻した。

「誰かが来てたというのは、話声か何かでわかったんですか？」

そうです、と彼女は頷いた。「ボソボソ、という感じで聞こえたんです」

「話の相手は男でしたか、それとも女でしたか？」

だが紀子はうーんと唸《うな》ったあと、「わかりません。ちゃんと聞いたわけやなかったし」といかにも残念そうな顔をした。

このあと漆崎たちは、このことに関する質問をいくつかしたが、紀子からこれ以上の情報を得ることはできなかった。

捜査本部は所轄である布施警察署に置かれた。そして捜査会議が始められて間もなく、荒川利夫の前妻の千枝子が出頭してきたという連絡が入った。石井と漆崎、それから新藤が事情聴取にあたった。

千枝子は年齢が三十五、服装が地味で痩《や》せ気味なせいか、実際より老《ふ》けてみえる。髪の毛も、ごく大ざっぱに束《たば》ねているだけだ。

彼女は元の夫が殺されたというのに、意外なほど平静な顔つきで座っていた。別れてしまえば、これほど冷淡になれるものかと、隣にいた新藤などは理解できない気分だった。

離婚の原因について彼女は、次のように述べた。

「あの人は前はトラックの運転手をやってたんです。それが一年ぐらい前、酔っぱらい運転で事故を起こして会社をクビになってしもたんです。それで家賃の安い所に引っ越したり、あたしが働いたりして何とかやっていこうとしたんですけど、あの人は全然働く気がありません。で、だんだん腹が立ってきてあたしのほうから別れてくれて切りだしたんです」

「よう御主人が承知しましたな」

漆崎が感心したような口調でいった。

「承知せえへんかったら、あたしが勝手に出ていくだけのことです。あの人もその程度のことはわかってたんでしょ」

「なるほど。ところで奥さんは今、何をやってはるんですか？」

「奥さん、いうのは止めてください。もう別れてんから。――仕事は保険の外交をやってます。女でもその気になったら、なんぼでも稼《かせ》げるんです」

ほう、と漆崎は自分の顎《あご》を撫《な》でた。

「それで、どうですか。利夫さんが殺されたことについて何か心当たりはありますか？」

「ありません」

千枝子は言下《げんか》に否定した。

「えらい、あっさりしてますな」

「あんな男を殺しても、一銭の得にもならんはずです」

「付き合ってた連中は？」

と石井。だがここでも彼女は首を振った。

「昔はトラック仲間とよう飲みに行ってましたけど、今はそんなお金はないと思いますから……。それに最近のことは、はっきりいうて知らんのです」

「借金はありましたか？」

家賃を溜めていたという話を思いだしながら漆崎がきいた。すると千枝子の表情に、少し変化が現れた。気落ちしたように目を伏せ、それから答えた。

「ええ、ありました」

「いくらぐらい？」

「全部合わせたら百万ぐらいやないかと……。前の家に住んでた頃に借りたものです。あちこちから、ちょっとずつ借りたんです」

「すると住民票を移せへんかったのも……」

「ええ」と彼女は頷いた。「正直いうて、夜逃げしたんです」

漆崎は新藤を見て、やれやれという顔をした。新藤もため息をつきたい気分だった。

「その借金をしていた相手の方の名前はわかりますか？」

千枝子は少し考え、それから、荒川の家にある住所録を見ればわかると答えた。

「ところで」

漆崎はやや改まった口調で言った。「おとといの昼間、どこに居てはったか教えてもらえると助かるんですけど」

すると彼女はほつれた髪を上げながら、

「阿呆《あほ》らし」と呟《つぶや》いた。

「なんであたしがあの人を殺さなあかんのですか？」

「いや、別に疑《うたご》うてるわけやおません」

「アリバイ訊いといて、刑事さんもよういうわ。まあしょうがないけど。ええと、おとといやったら確か、外交に回ってたはずです」

「仕事ですか。それは何時から何時ぐらいですか？」

千枝子は古びたハンドバッグから手帳を出すと、それをぱらぱらとめくった。

「十時から四時半ぐらいまでです」

「四時頃に、どこのお宅に行ってはったかは分かりますか？」

漆崎がこう訊いたのは、荒川家の隣に住んでいる阿部紀子が、四時ぐらいに誰かが来ていたようだと証言しているからだった。

「分かりますけど、お得意さんの家やから、向こうに迷惑のかからんようにお願いしますよ」

そういいながら千枝子は手帳の一部を漆崎たちに見せた。そこには客の名前と住所がメモしてあった。彼女が示したところを新藤が書き写した。

「ところで、息子さんの行方がわからんのですが、あなたが引き取られたのですか？」

石井がきくと、彼女は小さく口を開いたまま彼の顔を見つめ、そしてゆっくりかぶりを振った。

「いいえ……。まだ荒川の家に居るのと違うのですか？」

「いや、あそこにはいません」

と漆崎がいった。「近所の人の話では二、三日前から見てないということです」

途端《とたん》に千枝子の顔に苦痛のような表情が浮かんだ。

「嫌《いや》やわ、あの子、いったいどこに行ったたんやろ？　お金なんか持ってないはずやし……車に轢《ひ》かれたりしてへんやろか」

別れた夫が殺されても動じなかったが、実の息子が行方不明と聞くと、さすがに心が落ち着かないようすだった。

「行き先に心当たりはないんですか？」

ありません、と彼女は暗い顔をして漆崎に答えた。

4

「ふーん、やっぱり殺人事件やってんなあ」

給食を終えたあと、教卓で新聞を広げてしのぶは呟いた。社会面に小さく、昨日見かけた騒ぎのことが載《の》っているのだ。

しのぶの声を聞いて鉄平が近寄ってきた。

「僕もその新聞読んだで。殺されて、二日も見つからんかったのやろ？　ほんま怖い世の中やな」

「友達は必要やということや」

「それにしても、あの刑事のオッサンの名前出てへんな。なんでやろ？」

新藤と漆崎のことをいっているのだ。

「出るかいな。ええカッコしてるけど、二人とも大して偉《えら》いことないんやで」

「ヒラか？」

「まあな」

としのぶは新聞を閉じた。「それより今日も行くからな。原田も誘うときや」

「えー」

鉄平は情けなく口を開いた。「センセ、まだ諦めてへんの？」

「なんで諦めなあかんの？　昨日は惜《お》しいところで逃がしてしもたけど、今日はそうはいかさへんで。だいたい敵のパターンも飲みこめたしな」

「えらいハッスルしてるなあ」

「あたりまえや、大事な教え子のためやからな。あんたらは良《え》え先生を持って、ほんまに幸せなんやで」

「そうはいうても、あいつもう、あそこには居《お》れへんで。行っても無駄と思うけどなあ」

「そんなこと、行ってみんとわからんやろ。行くで」

「僕……今日は塾があるねんけど」

「そんなもん休んだらよろし。塾とファミコンとどっちが大事やねん？」

「えー」

そして鉄平は深々とため息をついた。「ムチャクチャや……」

……というわけで、この日の放課後もしのぶたちは商店街にやってきた。

「僕、もうええねんけどな」

鉄平のあとからついてきている原田が、ぼそぼそと呟いた。「そう大して高いもんでもないし……」

「何いうてんねん。お金を粗末に考えたら承知せえへんで」

「けど僕、今日はピアノの練習があってんけど……」

「なんや、男のくせにそんなもん習《なろ》うてんのか？」

「おかあちゃんが習えていうから」

「なんでも親のいいなりというのは感心でけへんな。で、腕前はだいたいどのレベルや？」

原田はちょっと考えてから、現在練習している曲目をいった。それはしのぶの、遠く及ばぬ領域だった。「ちっ」と彼女は舌を鳴らした。

中村電器店まで来ると、しのぶはまた例の路地に入っていった。

「さすがに今日は居《お》らんようやな」

昨日少年と鉢合《はちあ》わせしたところまで進んで、彼女はいった。だからいってるじゃないかという顔を、二人の子供は見せた。

「しかしあの子供が、ここに潜《ひそ》んでかっぱらいをやってたということは、このへんに土地カンがあるということやろな。家も近いのかもしれへんね。年格好から考えると小学校の五、六年というところやから、東大路小学校に通ってるのかも……」

東大路小学校というのは、大路小学校区の東隣の校区に住んでいる子供たちが通っている小学校である。元々は大路小学校の分校だったという話だ。

「それやったら話は早いやん」

原田がしのぶの服の袖《そで》を引っ張った。「センセが東大路に行って、写真を見せてもろて来たらええねん。一発で犯人がわかるで」

「それが出来《でけ》へんから、つらいんや。話を大げさにするのは気が進まんよってな。出来たら内々でカタをつけたいというのが、あたしの希望や」

そんなこというてたら、いつまでたってもアカンわ、と鉄平が口の中でぼやいたが彼の先生の耳には届かなかった。

「よっしゃ、まずは例の電器屋に行ってみよ。もしかしたらあの店に出入りしてるかもしれん。店のオッサンにきいたらわかるやろ」

しのぶたちは回れ右して、再び商店街の方に歩きだした。すると、前方から一人の男がやって来るのが見えた。背は高く、スーツの上にトレンチコートを羽織《はお》っている。男はうつむいて歩いていたが、しのぶたちに気づくと、「やあ」といって右手を上げた。

「珍しいところで会いましたねえ。散歩ですか？」

男は府警本部の新藤刑事だった。相変わらず、ちょっと見た感じはエリート刑事だ。

「ええ、まあ、ちょっと」

なんで子供を二人も連れて、こんな路地の中を散歩してるはずがあるねんと思いながらも、しのぶは笑顔で答えた。

「新藤さんは仕事ですか？」

「そんなとこです」

そして彼は、昨日この近くの家で他殺死体が見つかったのだと話した。

「知ってます、昨日もここを通りましたから。漆崎さんも御一緒だったでしょ。で、今日は付近の聞き込みというわけですか？」

「まあそういうことです。相変わらず足で捜査をやってます」

しのぶの横で鉄平が、「ヒラは辛《つら》いねんなあ」といったので、彼女がその頭をペシッと叩いた。幸い新藤には聞こえなかったようだ。彼は呑気《のんき》な顔で続ける。

「いろいろと厄介《やっかい》な事件でしてね。じつをいうと、被害者の息子を探してるんです」

「息子？」

「事件の少し前から行方不明でしてね。あっそうや、竹内先生とこの生徒さんが居るところで……」

新藤はスーツのポケットから写真を一枚取り出した。「この子供のことを知らんかなあ？　どこかで見たことがあるとか……」

だが鉄平は見ようともせずに、「このへんに知ってるヤツなんかおれへんで。東大路小学校に行って、きいて来たらええねん」と、さっきと同じことをいった。

「もちろん行ってきたけども、こういう生徒はいてへんという返事やった。まあちょっと見てくれよ」

新藤がしつこく写真を差し出すので、まず原田がそれを手に取って見た。「あれ」と彼は呟いた。そして写真を持ったまま、黒目だけ上に向けて唇を突き出した。

「どっかで見たことあるなあ」

「どれ」

鉄平が写真を手に取った。そしてすぐに、

「おーっ」と声を上げた。

「知ってるのか？」

と新藤。次にしのぶがその写真を見た。

「おーっ」

「せっ、先生も知ってるんですか？」

新藤は勢《きお》いこんだ。その彼の顔の前に写真を突き出し、しのぶはきいた。

「この子は、今、どこに居るんですか？」

すると新藤は泣きそうな顔をしていった。

「それを僕がきいているんです」


「ほう、ファミコン・ソフトのかっぱらいですか。それを捕まえようとはねえ」

テコでお好み焼を切りながら、新藤は感心したような声を出した。場所は中村電器店の二つ隣のお好み焼屋である。喫茶店でもと新藤はいったのだが、鉄平と原田がこの店を推薦したのだ。もっとも、しのぶにしてもコーヒーや紅茶よりもこっちのほうがいい。

「けどあの子が殺人事件の被害者の息子とは奇遇《きぐう》ですね」

そういってしのぶは、青海苔《あおのり》をたっぷりふりかけたお好み焼を口に運んだ。

「事件の直前に姿を隠したことから考えると、その息子が何かを知ってる可能性は強いんです。とにかく一刻も早よ、見つけだして事情を聞かなあきません」

その息子を探しだす手がかりが得られたからか、新藤の口調はなめらかだった。

「小学校には通ってないという話でしたね？」

しのぶがきいた。

「そうです。まあこれは予想しとったんですわ。前の家は夜逃げ同然で出てきたんやし、その息子にしても、正式な転校手続きを取らんと勝手に辞《や》めてきたのやから」

そうだとすると、これはかなり不幸な境遇だといわざるをえない。しのぶはちょっとだけ、その息子に同情した。

「問題は、なんであの子がファミコン・ソフトなんか盗ってたかということやけど……」

「そう。それが謎ですね」

新藤も頷いた。

二人の隣では、鉄平と原田が焼そばを食べながら少年雑誌を読んでいる。それも何ヵ月も前の雑誌で、表紙はボロボロに破れているし、頁《ページ》の端に乾燥したキャベツがへばりついていたりしているのだ。破れた表紙には、黒マジックで店の名前を大きく書いてある。

しのぶは食べる口を休めて、二人の教え子のほうを向いた。

「あんたら漫画ばっかり読んでんと、ちょっとは協力したらどうやねん。食べるだけで何もせえへんかったら食い逃げやで」

「そんなこというたかて、僕ら何も知らんもん」

なあ、といって鉄平は原田を見た。原田も口をもぐもぐと動かしながら首を縦に動かした。

「たとえば、あの子がファミコン・ソフトを盗ってた理由ぐらい想像つけへんか?」

すると鉄平はコップの水をひと口飲んで、それからのんびりとした顔でしのぶを見た。

「理由をいえばええのんか?」

「遊ぶため、とかいうのはあかんで。あの子はどうやら遊んでる余裕なんかないらしいんやから」

「遊ぶためやったら、誰かから借りたら済む話やろ。たぶん盗った物を売ってるんやろうと思う」

「売る? どこで?」

新藤が口を挟んだ。

「中古屋に決まってるやろ。発売されたばっかりのソフトやったら、結構ええ値段で買い取ってくれるものやねん」

「中古屋か。なるほどそれは考えられるな」

「常識やで」

と鉄平は馬鹿にしたように鼻を鳴らした。

「で、その店はどこにあるの？」

しのぶが尋ねると、鉄平は原田と顔を見あわせたのち、

「最近は増えたから結構どこにでもあるけど、一番メジャーなのはやっぱり三明堂やろな」と答えた。

「三明堂？」

「今里《いまざと》にあるねん」

今里というのは布施の隣の駅である。

「よし」と新藤は立ち上がった。「そこに行ってみよ。案内してくれるか？」

二人の子供は割り箸《ばし》を置いて、吐息《といき》をついた。そして気持ちを代表するように鉄平がいった。

「しゃあないわ。もうヤケクソや」

今里駅の前にも、アーケード付きではないが商店街がある。その通りから少し入ったところに三明堂という店があった。主にビデオ・レンタルをしているようだが、店の三分の一はファミコン・コーナーになっている。主人は五分刈《ごぶが》りの体格のいい男で、どちらかというと寿司屋の板前というところだ。

主人は新藤から受け取った写真を見て、すぐに、「ああ、この子か」といった。

「来ましたか？」

と新藤が訊く。主人は大きく頷いた。

「昨日、一昨日《おととい》と来ました。ソフトを売りに来たんです。なかなかええ品物を持ってくるよってに、こっちも覚えてるんです」

「おっちゃん、そいつ『未来都市』のディスク持って来《け》えへんかった？」

おそるおそる、という感じで鉄平がきいた。

「そうや、よう知ってるな。昨日持ってきたんやけど、今朝早速売れてしもたわ」

主人は相好《そうごう》を崩《くず》していった。鉄平は「くそー」と顔をしかめた。

「今日はまだ来てへんのですか？」と新藤。

「今日はまだでんな。あんまり見かけん顔やったから、もう来んかもしれません」

「どこから来るのかは御存知ないんですか？」

「そんなもん、知ってるはずおまへんやろ」

他の客が呼んだので、主人はそっちのほうに行った。新藤はしのぶたちに目で合図して、三明堂を出た。

「残念でしたね」としのぶがいった。

「いやあ、ここまで辿《たど》り着けただけ収穫でしたわ。えらい面倒かけてすみませんでした」

そして新藤は、おわびに子供たちを家まで送っていくといった。それでしのぶは、彼等と店の前で別れた。

――しかしあたしも好きやなあ。わざわざこんなところまで来て……。

今里の商店街を歩きながら、しのぶは苦笑をこらえていた。よく考えてみたら、自分には全然関係のない問題なのだ。

せっかくここまで来たのだからと、しのぶは散歩して帰ることにした。一人でのんびりとこのあたりを歩くのは久しぶりだった。

途中に立ち食いそば屋があり、そこから漏《も》れてくるカツオだしの匂いに、しのぶは思わず立ち止まった。これまた久しぶりだ。

——うーん、さっきお好み焼を食べたばっかりやけど、この匂いは捨てがたい。さんざん迷ったあげく、結局のれんをくぐっていた。カウンターにはサラリーマン風の男たちの後ろ姿が並んでいる。

「いらっしゃいっ」

カウンターの中の親父の、威勢のいい声が飛んできた。

「天ぷらそば……」

ひとつ、といおうとして、しのぶは声を止めた。カウンターに並んでいる男たちの間に、少年の姿を見つけたからだ。もちろん例の少年だった。

「あーっ」

この声で少年のほうもしのぶに気づいた。と思う間もなく、彼はどんぶりを置いて店を飛びだしていた。反射的にしのぶも後を追う。「ちょっと、お客さん」という声が後ろから聞こえたが、そばを食べている場合ではなかった。

少年は相変わらず速かった。しかし布施近辺に比べると土地カンがないのか、それほど複雑なコースを選ばない。しかも道も太い。道幅があれば、しのぶは自信があった。

今里駅の近くには城東運河《じょうとううんが》という水路がある。それを越えるには当然橋を渡らねばならない。その橋の手前で、しのぶは少年を捕まえた。

「ちきしょう、放せ」

「観念しい。あたしに捕まったら、絶対逃げられへんで」

「クソッ、なんちゅう足の速いオバハンや」

「見くびったらあかんで。これでも昔はエースで四番や」

「俺、オバハンからは何も盗ってへんで。昨日も今日も、なんでこんなに必死で追いかけてくるねん」

「子供の不幸は見逃せんタチや」

「ふん、贅沢《ぜいたく》な暮らししてるガキの、どこが不幸やねん。あいつらゲーム・ソフトの一つや二つ盗られても、屁《へ》でもないで」

「考え違いしたらあかんで。銭金《ぜにかね》の問題やない、ハートの問題や。それに不幸なのはあんたも一緒やで。そんな僻《ひが》み根性を持ってたら、しまいには人間としての誇《ほこ》りまで失《な》くしてしまうからな。ホコリのない人間はカスや」

「カスで結構や、放せっ」

暴れた拍子に、少年の腹の虫が鳴くのが聞こえた。それでお互い睨《にら》み合ったまま、ちょっと黙った。

「そうか、おなかすいてるねんな。そばを食べてる途中やったからな」

「うるさいなあ、ほっとけよ」

「そういうわけにはいかん。おなかをすかしてる子供というのも、不幸なものやからね」

　こういうとしのぶは辺りを見回して、近くの菓子屋の前まで少年を連れていった。この菓子屋では、店先でイカ焼きを売っている。イカ焼きというのは、メリケン粉をといた中にイカと卵を落として、二枚の鉄板でぺしゃんこにつぶしながら焼いたものである。しのぶはそれを買って少年の前に差しだした。少年は上目遣いにしのぶを見ていたが、ふてくされた顔のまま、それを受け取った。

「さあ、それを食べながら行こか」

　しのぶが少年の手を引いたが、彼は足を踏んばった。

「どこへ行くんや？」

「決まってるやろ、警察や」

「なんや、ゲームを盗ったぐらいで警察なんか呼ぶなよ」

「ゲームのことだけやない。そのことはあとでゆっくり落とし前をつけてもらうよってな。そんなことやなしに、警察があんたを探してるんや」

「なんでや？　俺、ほかに何も悪いことしてへんで」

「悪いことしてへんのやったら、逃げることないやろ。お父さんが殺されたいうのに、どこに行っとったんや」

しのぶの手の中で暴れていた少年が、ぴたりと動きを止めた。そしてどきりとするような鋭《するど》い目で彼女を見あげた。

「うそやっ」

しのぶは呆然として彼の変化を見ていた。

「あんた……」

少年は下唇を咬《か》んでいる。目は依然として彼女を睨んでいる。

「あんた……知らんかったのか？」

少年の目に涙がこぼれるのが分かった。しのぶは咄嗟《とっさ》にハンカチを出そうとして、少年から手を離した。その瞬間、少年はするりと彼女の腕の下をかいくぐった。

「あっ、こら」

しのぶが叫んだ時には、彼はもう雑踏の中に消えかかっていた。なぜか全身に力が入らず、しのぶは呆然と立ち尽《つ》くしていた。

5

次の日の放課後、梶野真知子が大路小学校の職員室にやってきた。彼女を知っている教師などは、久しぶりに卒業生が遊びにきたと思って喜んで話しかけていった。彼女は優等生で、教師たちのウケが良かったほうなのだ。

だが真知子はかつての恩師たちへの挨拶はそこそこに、しのぶの方にやってきた。前に会った時に比べて彼女の顔つきが固いことに、しのぶは気づいていた。

「ちょっと相談があるんですけど」

「相談？」

しのぶは職員室内を見回して、「そしたら、運動場に出よか」と立ち上がった。

大阪の小学校の運動場は狭い。大路小学校も例外ではなく、ソフトボールのスペースを一面とるのがやっとだ。しかもセンター・フィールドに校舎がはみ出してしまう。

しのぶは狭い運動場の隅《すみ》にある、高鉄棒のところまで真知子を連れていった。

「何やの、話て？」

しのぶが訊くと真知子はちょっとうつむいて、「この前の事件のことなんですけど」といった。

「どうかしたん？」

「ええ……あのう……」

真知子は唇をもごもごと動かしたあと、思いきったように顔を上げた。「お父ちゃんが警察から疑われてるみたいなんです」

「お父さんが？　なんで？」

「わかりません」と彼女は首をふった。「けどゆうべ刑事さんが来て、お父ちゃんのアリバイを訊いていったんです。三日前の昼間、どこに居《お》ったか……て」

「ふうん、犯行があったと思われてる日やな。けど、そんなこと気にする必要ないで。刑事いうたら、怪しい人でも怪しない人でも、とにかく片っぱしからアリバイでもなんでも調べるんやから」

しのぶは陽気な声を出したが、真知子の表情は暗いままだ。

「それが、うちのお父ちゃんにも変なとこがあるんです」

「変なとこて……」

「刑事さんには、あの日は一日中家に居《い》たって答えて、一応それで刑事さんも帰りはったんですけど、本当はそうやないんです。本当は、昼間に出かけていって夕方頃帰ってきたんです」

「ふうん」

さすがにしのぶも顔が強《こわ》ばってきた。へらへらしている場合ではないと感じたのだ。

「お父ちゃんは、あたしにも、昼間出かけたことは黙っとけていうんです。なんでそんな嘘《うそ》をつくのか、分かれへんのです」

「余計な疑いを持たれんようにという気持ちからやないの?」

「そんなふうには見えへんかったけど……」

真知子はまた顔を下に向けて、地面を運動靴の先で蹴った。そして、「で、警察がお父ちゃんのことをどんなふうに見てるのか気になって……前にセンセが警察に顔利くて聞いたから」と独り言みたいにぼそぼそと喋《しゃべ》った。

「うーん、顔利くていうてもなあ」

しのぶは腕組みをして考え込んだあと、「とりあえず、そのへんまで一緒に帰ろか」と提案した。はっきりいって、どうしていいかわからないのだ。

学校を出て、真知子の家に向かう道を二人並んで歩いた。

「心配と思うけど、あんたはお父さんを信用してんのやろ？」

「信用か……」

真知子は首を傾げて、「ちょっと違うなあ」といった。

「何が違うの？」

すると彼女はしばらく考えて、「お父ちゃんの人間性を信じてるというよりは、お父ちゃんの気の弱さを信じてるというた方がええなあ。あの人には殺人みたいなえげつないこと、絶対でけへんと思うもん」

「そうか……」

「血い、見ただけで気い失うと思うもん」

「ふうん」

しのぶは何も答えるべき言葉がなくて、ただ黙っていた。

二人の足が止まったのは、梶野家のすぐ近くまで来た時だった。家の前にパトカーが止まっているのが見えたのだ。そして間もなく家の中から人影が現れた。太鼓腹《たいこばら》の突き出た男が、灰色の背広を着た男に連れられている。よく見ると背広の男は漆崎で、その横に新藤もいた。

そして真知子は、「お父ちゃん」と太鼓腹の男に駆け寄った。男は梶野政司だった。

「真知子、すまん……」

梶野は目尻と眉を下げ、娘の顔を見た。

「許してや、お母ちゃんをよろしゅうな」

「お母ちゃんはどこ？」

「奥で泣いてる」

梶野は家の方を振り返った。

「お父ちゃん、なんでやの？　なんでお父ちゃんが、そんなこと……」

真知子が梶野の服にしがみつくと、彼は弱々しく首をふった。「お父ちゃんにも、ようわからんのや。出来心というものなんかなあ」

「漆崎さんっ」

しのぶが呼ぶと、漆崎は彼女の方を見て懐かしそうに目を細めた。

「これは久しぶりですな。元気でやってますか……と訊くまでもなく、充分元気そうですな」

「どういうことですか、これは？　なんで梶野さんが犯人なんですか？」

かん高い声で怒鳴られて、漆崎は片目をつぶった。

「犯人とはいうてません。ちょっと質問に来たら、勝手に自白を始めはったんです。

我々にも何がどうなってんのかわかりません」

「そんなこと……」

しのぶが黙ったのをきっかけに、漆崎は梶野をパトカーに乗せた。新藤も何かいいかけたが、結局そのまま車に乗った。しのぶは真知子と一緒に、パトカーが吐き出す排気ガスを浴びていた。

6

漆崎と新藤は、特に梶野を疑う理由は何もなかった。捜査本部の方針としては、殺された荒川の過去を洗って、容疑者のリストを作ろうということになっていたのだ。家賃を溜めていたとはいえ、梶野にとっては大した額でもない。荒川利夫は、それ以上の借金を踏み倒して逃げてきているのだ。

梶野に目を向けさせたのは、一本のタレコミ電話だった。この日の朝早く、布施駅前派出所に入ったのだ。

『事件のあった日、梶野があの家から出てくるのを見ました。夕方頃です』――というものだった。電話を受けた若い警官は相手の名前をきこうとしたが、それより先に受話器を置かれたということだった。どんな声だったかという質問に対しては、「ハンカチかなんかで送話口をふさいでるらしく、こもったような変な声でした。女のようでもあるし、男が声色《こわいろ》を使《つこ》うてたようでもあります」と、その警官は答えた。

早速漆崎と新藤が梶野の家に行ってみた。そして、「あの日あなたがあの家から出るところを見たという人がいる」といったところ、梶野は突然しゃがみこんで泣き始めたのだった。泣く合間に、「すいません、私がやりました」と白状した。

そこでいささか拍子《ひょうし》抜けした気分を味わいながら、二人は梶野を署まで連れ帰ったのだった。

以下が梶野が自白した内容である。

『すいません、私が荒川さんを殺しました。もちろん最初から殺す気やったわけと違います。あの日四時頃訪ねていって、家賃の催促をしたんです。荒川さんは、えらい気がたってるようすでした。ない金は出せん、というんです。それでそのうちに口論になって、二人でもみあう格好になりました。何がどうなったんか、わかりません。気がついたら包丁持って、あの人の身体を刺してました。それであわてて逃げて帰ったんです。包丁は、家の物置の大工セットの中に隠してあります……帰った時刻ですか？　はっきりとは覚えてへんのですけど、たぶん六時頃やったと思います』

「どうも、しっくりいかんなあ」

布施警察からの帰りの電車の中で、漆崎はしきりに首を捻った。

「何がですか？　自供内容に筋は通ってるし、ひっかかるところなんかないでしょう」

新藤は両手でつり革にぶらさがって、あくびを咬み殺しながらいった。

「うーん、筋はなあ、一応通ってはおるんやが……」

「歯切れ悪いですね」

「うん。どうもなあ、梶野の記憶に曖昧《あいまい》な部分が多いねんなあ。先に包丁を持ったのが荒川の方か、梶野の方かも覚えてないという有様や」

「興奮しとったんでしょう」

「そうかなあ。どっちが先に持ったにせよ、刃物を出してきたら一遍《いっぺん》にビビるから、もっと印象に残ってもええと思うねんけどな」

「咄嗟《とっさ》のことやったんでしょ」

「うーん、そうかなあ。時間的な経過も、もうひとつはっきりせんしなあ。うーん、逆上しとったことはようわかるんやけど」

新藤はもう何もいわないことにした。漆崎が悩み始めると、端《はた》から何をいっても無駄なのだ。それに今回の事件は犯人が自白しているのだから、多少の判断の違い——たとえば正当防衛かどうかなど——はあるにせよ、梶野が荒川を殺したという事実には変わりがないはずだった。

「千枝子のことやけど……」

漆崎が話しかけてきた。新藤は先輩刑事の顔を見て、「誰ですか？」と聞きなおした。

「千枝子や、荒川の前の女房の」

「ああ」

そういうのがいたな、と思いだして新藤は頷いた。

「アリバイはどうやったんかな？」

「なんです、急に？」

「なんでもええから、ちょっと教えてくれ」

「四時半ぐらいまで客の家を回ってたという話でしたけど、一応ウラは取れてるみたいです」

「肝腎《かんじん》な時間が曖昧なわけや」

「そうですけど、千枝子が荒川の家に行ったとしたら、梶野の話に出てこんとおかしいですよ。梶野は四時ぐらいから荒川の家に居ったんやから」

新藤が説明すると漆崎は再び首を曲げて、

「そうやなあ」と唸った。

7

その週の土曜日。

公園でひと休みしているしのぶのところへ、鉄平のグループが戻ってきた。

「あかんか？」

彼等の顔つきを見て、しのぶが訊いた。子供たちは力なく頷いた。

「電器屋におもちゃ屋は全部当たったで。それから一応ゲームセンターも覗《のぞ》いてみたけど、おれへんかったわ」

皆を代表して鉄平がいった。かなり走りまわったらしく、さすがに疲れたようすだ。

「原田のグループは、どこを回ってるのやろ？」

「あいつらは食い物屋専門。映画館の前で会《お》うたけど、あかんみたいやで」

「そうか……」

しのぶは腕組みをして、考えこんだ。

梶野政司が自首したという記事は、昨日の朝刊で読んでいた。そして、もはやその事実は動かしがたいという印象を、しのぶは受けたのだった。

だがしのぶにとって、ひとつだけ気になっていることがあった。それは例の少年のことだった。前に少年を捕まえかけた時、彼は父親の死を知らなかった。つまり彼が家を出たのは、荒川利夫が殺される前なのだ。ではなぜ彼は家を出たのか？

梶野が連れていかれた後、真知子はしのぶの胸にすがって泣いた。しのぶはその時以来、自分に何か出来ることはないかと必死で考えてきたのだった。もし梶野を救うとすれば、正当防衛を立証する以外にない。だが梶野は、争いの前後の記憶が曖昧で、どちらから刃物を出したのかも供述できないらしいのだ。しのぶは何か方法がないものかと考えをめぐらせた。そしてその結果、あの少年が何かを知っているのではないかという結論に達したのだった。たとえば彼が家を出た時の荒川利夫の精神状態などだ。たとえば異常に興奮していたという証言でも取れれば、もしかしたら梶野の正当防衛を立証する助けになるかもしれない。

そこでしのぶは、もう一度鉄平と原田に声をかけて、例の少年を探しだすことを提案したのだ。二人は難しいことはよくわからないようすだったが、とにかくそれが人助けになるかもしれないということは理解したようだった。

二人の子供は、さらに他の仲間にも声をかけた。そしてしのぶのクラス全員で、大捜索を行うことになったのだ。

だが今までのところ、少年の行方はつかめていなかった。

「もしかしたら、場所変えたかもしれんな」

鉄平がちょっと首を傾けていった。「ファミコンのソフトを買うてくれる店は、鶴《つる》橋《はし》とか上六《うえろく》まで行ったらなんぼでもあるからなあ」

日本橋《にっぽんばし》に行ったらもっとある、と他の子供がいった。

そのうちに原田グループも帰ってきた。皆一様に疲れた顔をしているのが、しのぶにはなんだか悲しかった。

「しょうがない。みんなで一緒に帰ろか」

無理やり元気な声を絞り出して、しのぶは歩き始めた。鉄平や原田たちも、のろのろと動きだした。

「残念やなあ」と原田がため息をついた。

「せっかく人助けが出来るとこやってんけどなあ」

「しょうがないわ」としのぶがいった。「それに、あの子を見つけてもどうにもならんかもしれんしね」

しのぶと子供たちは、市場の前を通った。例の少年に撒かれた時、いつもこの通りに出てくるのだった。

市場を通り過ぎてしばらく行った頃、「こら待てえ」という声が後ろで聞こえた。しのぶが振り返ると、ねじり鉢巻きの男がイガグリ頭の子供の首を摑んでいた。

「こいつ、警察に連れていったる」

男は子供の頭を何度も叩いた。

しのぶは思わず目をこすっていた。その子供こそ例の少年なのだ。あんなに探しても見つからなかったのに、向こうの方から出てきた。鉄平や原田も唖然《あぜん》としている。

「どうしたんですか？」

しのぶが近寄っていくと、男はちょっと意外そうな目を向けて、「このガキ、店のカマボコを盗みよったんや。汚い手で摑むから、もう売り物になれへん」と唾《つば》を飛ばした。

「そのカマボコ代、あたしが払います」

え、と男は目を剝《む》いた。そしてしのぶをじろじろと見たあと、「あんた、誰や？」と訊いた。

「しのぶセンセです」としのぶは答えた。

「先生か。悪い生徒持ったら苦労するなあ。まあ金払うてもらえるのやったら、文句はないけどな」

男は金を受け取ると、「こらっ、今度やったら半殺しやからな」と少年を睨みつけて市場に戻っていった。

男の代わりに鉄平と原田が少年の腕を掴むと、全員でもう一度さっきの公園に引き返した。

「金なんか一銭も持ってへんからな。弁償せえいうても出来へんで」

両腕を押さえられながらも、少年はへらず口をたたいた。目はしのぶを睨んだままだ。ウチの生徒よりも、だいぶ骨があるとしのぶはちょっと感心した。

「そんなことはええ。それよりも、なんで家出したのか喋ってくれるか」

「なんでや？　なんでそんなこと喋らなあかんねん？」

「聞きたいからや。ついでに家を出てくる時の、あんたのお父ちゃんのようすも知りたいねんけどな」

ふん、とばかりに少年は横を向いた。

「お前、ちゃんと喋れ」

鉄平が少年の額をこづいたが、じろりと睨み返しただけだった。

「しょうがないな」

しのぶは辺りを見回して電話ボックスを見つけると、ゆっくり近づいていった。

「どこに電話するねん？　警察か」

さすがに少年は、ほんの少しだけうろたえたようだ。しのぶは首を振った。

「警察なんかに電話してもしょうがないやろ。もっとええとこや」

「どこやっ」

しのぶは口元を緩《ゆる》めた。「あんたのお母ちゃんの家や。あんたを引き取りに来てもらう」

「あっ、やめとけ、ボケ」

途端に少年は暴れだした。予想通りや、としのぶは心の中でにんまりとした。

「母親に引き取りに来てもらうのが常識やろ」

「するな。あんなオバハン呼ぶな」

「そしたら、ちゃんと質問に答えてくれるか？　答えてくれたら、このまま逃がしたるで」

「脅迫か、汚いど」

「電話する」

「わー、するな」

「喋るか？」

「…………」

「電話や」

「あかん」

「喋るねんな」

「…………」

「喋るねんな」

「……ちきしょう」

この夜しのぶは、漆崎と新藤を警察署に訪ねていった。そして待合室で、少年から聞いた話を彼等にもした。

「ほう、すると」

漆崎は珍しく真顔でしのぶの顔を見返した。「荒川利夫さんは殺される少し前に、息子さんに母親の所へ行けというてるんですな」

「そうです。もうお父ちゃんのことは忘れて、お母ちゃんと二人で仲良う暮らしてくれというたらしいです。ものすごく悲愴な顔をしてたというてました」

「ふうむ」

と漆崎は目を閉じて腕を組んだ。

「それでその子供は、母親の所へは行けへんかったのですか？」と新藤。

「そうです。その子のいうには、あの母親は自分勝手やというんです。さんざん亭主に働かしといて、ちょっと苦しなったら亭主も子供も置いて逃げだして……。それで母親の所へ行かんと、あちこちを転々としてたんです。今も、母親の所へは絶対に行けへんというてます」

「へえ……。それにしても、子供を出したすぐ後に殺されたというのが引っ掛かるなあ。どういうことでしょうね」

新藤が先輩刑事に訊く。「わからん」と漆崎は答えた。

しのぶは二人の刑事の顔を見較べたあと、「無理心中やないかと思うんです」といった。

「無理心中？」と漆崎は目を開けた。

「はい。あの、男二人で心中というのも変ですけど、荒川さんは梶野さんを道連れに死ぬつもりやったんと違いますか？　それがもみ合ってるうちに荒川さんの方だけが死んで」

「けど、もみ合った原因は家賃の滞納がきっかけなんですよ。だいいち、なんで梶野を道連れにせなあかんのですか。気持ちの悪い」

漆崎は口をとがらせていった。

「いや、ちょっと待てよ」

漆崎は目を天井に向け、それからまたその目を閉じて数秒間沈黙した。そして今度目を開いた時には、同時に椅子から立ち上がっていた。

「おい新藤、千枝子にもう一回当たってみよ。それから梶野もや。特に梶野には、あんまりプレッシャーを与えんようにして、ゆっくり話を聞き直す必要がありそうやで」

8

梶野政司が釈放された翌日、真知子がしのぶのところに礼をいいにやってきた。少し痩せたようだが、顔色は良かった。

「ほんまに、ありがとうございました」

真知子はぺこりと頭を下げた。しのぶは掌を振って苦笑する。

「あたしは大したことやってへんねん。漆崎さんと新藤さんのおかげや。ヒラやけど、やっぱり大したもんや」

「あの、それでいったいどういうふうに解決したんですか？　お父ちゃんもはっきり分かれへんみたいなんですけど」

「うん、まああれは結局自殺やったの」

「自殺？」

真知子は目を丸くした。無理もない。最初に聞いた時は、しのぶもそうだったのだ。

「うん。生活に困って、荒川さんは自殺しようとしてん。ところがその前に梶野さんがやってきて、家賃のことでもめだした。そのうちに梶野さんの方が突き飛ばされて、頭を打って気を失ってしもた」

「脳震盪《のうしんとう》を起こしたらしいですね。それは聞きました」

「荒川さんは、その後で自殺しはったわけ。ところがこの直後、荒川さんの前の奥さんがやってきたから話がおかしなったんよ」


千枝子がやって来たのは、息子のようすを見るためだった。亭主に愛想をつかして出ては来たが、やっぱり子供のことは気になっていたのだ。

ところが彼女が見つけたのは、亭主の死体と家主の気絶した姿だった。彼女には状況はよく飲みこめなかったが、とにかく荒川が自殺したことだけは分かった。何しろ、包丁の柄《え》を本人がしっかりと握っているのだから。

状況はよくわからなかったが、千枝子はここで怖い事を思いついた。のびている男が荒川を殺したことにしようと考えたのだ。そうすれば男の家族が、多大な賠償金を息子に払ってくれるだろうというもくろみだった。

彼女は思いきって荒川の身体から包丁を引き抜くと、それをのびている男に持たせた。さらに男の身体をもう少し死体に近づけておいた。

以上のことを成し遂《と》げると、彼女は端からじっと成り行きを見守った。そして警察がなかなか梶野に注目しないと見ると、声色を使ってタレコミ電話をかけたのだった。

「ということはやっぱり、お父ちゃんが鈍《どん》くさいねんわ。自分が殺したわけでもないのに、殺したと錯覚するねんから」

過ぎ去ったことの強みで、真知子は明るく笑った。

「脳震盪から覚めると同時に死体やろ？　そら誰でも気が動転するで。気を失う前後の記憶が曖昧やねんから余計や。時間の感覚も麻痺《まひ》してて、最初の供述からおかしいところがあったらしいわ」

そしてしのぶは、やっぱり刑事は大したもんやと付け加えた。

この日の帰宅時、しのぶが正門から出たところで例の少年を見た。彼は十メートルぐらい離れたところから、じっとこちらを見つめていた。

「何してんの？」

しのぶが訊いた。だが少年は答えなかった。

「何処に行くの？」

それでも答えない。いつの間にか、しのぶのそばに鉄平たちがやってきていた。鉄平は小声で、「なんやあいつ、何しに来たんやろ。仕返しかな?」といった。

「いや」

しのぶは首を振った。「喧嘩仲間に、別れの挨拶しに来たようやで」

少年はかすかに笑ったように見えた。あるいは何かいおうとしたのかもしれない。とにかく彼の唇が、ほんの少し変化を見せた。

少年は回れ右をした。そして、最後に一度だけ振り向くと、そのまま近くの路地に駆けこんでいった。初めて彼を見た時と同じく、すばらしいスピードだった。

彼が何処へ行くのか、これからどうするのか、しのぶは知らなかった。大嫌いな母親と一緒に暮らすのかもしれないし、ほかの身寄りを頼るのかもしれない。しかししのぶは、もうしばらくは、迷路のような路地を駆け回る彼の姿を想像していたいと思った。

しのぶセンセのお見合い

1

キンコンカンとチャイムが鳴った。

一日の授業を終えて、しのぶが職員室に戻ると、教頭の中田がニヤニヤしながら近づいてきた。この男がこういう態度をするのは、何か頼みごとをする時だと決まっているので、しのぶは彼の方を見ないようにして身支度《みじたく》を始めた。

「竹内さん、授業の方はどないや?」

愛想笑いを浮かべたまま中田は話しかけてきた。こういう時は特にあぶない。

「まあまあです」

と、しのぶはセオリーどおりの受け答えをする。「そうか」と中田は答えるが、まわりに視線を配ることに気をとられているようすだ。たぶん、人に聞かれては困る用件があるのだろう。

近くに人がいないことを確認したからか、彼はしのぶの耳もとに顔を寄せてきた。

「じつは、大事な用があるねんけどな」

きたきた、としのぶは心の中で身構えた。

「あたし今日は早よ帰らなあかんから、用やったらほかの人に」

頼んで下さい、といつもなら早口でしゃべりまくって逃げるところなのだが、今日はがっちりと腕を掴《つか》まれていた。

「あんたやないとあかんねん」

中田教頭は、低い声でいった。

「お金やったら、森下先生の方が貯《た》めてるという話ですけど」

「あほ。なんでワシがあんたに金を借りなあかんねん。違うがな。あんたにとって、ええ話や。これ聞いたら、ワシに感謝して泣くかもしれんで」

「たいそうな」

「大層か大層でないか、聞いてからいうてみ。まあちょっとこっちへ」

職員室の片隅《かたすみ》にある湯沸かし場まで行くと、中田は背広の内ポケットから一枚の写真を取り出した。そしてまた低い声で、「見合いの相手を探してるらしいねん。あんたにどうやと思てな」といった。

「あほらし」

しのぶは天井に向かってため息をついた。

「なんであたしが見合いなんかせなあかんのですか。自分の旦那ぐらい自分で見つけますわ」

「そんなこというてたら、しまいに売れ残ってまうねんで。森下先生とか、山田先生とか、岡本先生とか、広山先生とか、小金井先生とかみたいに、いかず後家《ごけ》になったらどないすんねん」

「うちの学校はいかず後家が多過ぎるだけです。大丈夫です。あたしでも、デートに誘ってくる男の一人や二人はいてますから」

「そんなこというて、誘ってくる男ていうたらあれやろ。新藤とかいう、新米の刑事やろ？　あかんで、あんな男は」

たしかに新藤からデートに誘われたことはある。だが突発的な仕事が入って、実際にデートしたことは一度もなかった。それに彼がどういうつもりで誘ってきているのかもはっきりしていない。だいたいが、はっきりしない男なのだ。

「それよりまあ、一遍《いっぺん》見てみい」

うんざりした顔を作ったまま、しのぶは中田が差し出す写真を受け取った。今どき見合いで相手を探そうなんていう男には、ロクなのがいないという先入観を持っているのだ。

が——。

「…………」

「どうや？」と中田は彼女の顔を覗《のぞ》きこんだ。「なかなかの男前やろ？」

「うん……ええと、まあまあですね」

しのぶは曖昧《あいまい》にごまかしたが、はっきりいって写真の男は彼女の好みのタイプだった。車をバックに写しているが、高さの比率から推《お》して、背も高そうだ。

「一メートル八十や」と中田は彼女の心を見透かしたようにいった。「おまけにK工業の幹部候補生やからな。将来性も申し分ないで」

K工業というのは、豊中《とよなか》にある会社だ。産業機器の大手メーカーの子会社である。

「どうや？　今日中に返事せなあかんねんけどな」

「えらい急な話やなあ」

「ええ話というのは、そういうもんや。どや？　先方にオーケーやていうてええねんな」

「うーん。やっぱり今回は見送っときますわ。別に焦《あせ》ってへんし」

しのぶは写真を返そうとした。途端に中田は眉毛《まゆげ》を八時二十分の形に下げた。

「そんなこといわんと、会うだけでも会《お》うてえな。向こうの社長から頼まれてんねけど、その社長というのがわしの親戚の知り合いだけに断り辛《づら》いんや。気に入らんかっても、断ったらすむことやろ。じつは今週の土曜に大阪のレストランで会おうということになっとるんや」

「そんなん、勝手に決めたかて知らんわ」

「そういわんと、顔立ててえな。レストランで好きなもん食べてええから」

中田は掌《てのひら》を額《ひたい》の前で合わせて、薄い頭を下げた。「それに……そうや。今度からは雑用を押しつけたりせえへんから」

「しょうがないなあ」

しのぶがため息まじりにいうと、中田は目を輝かせて彼女の手をとった。

「そしたら、オーケーしてくれるねんな。よっしゃ、これで助かったわ」

そして彼は早口で見合いの予定をしゃべると、しのぶが確認する暇《ひま》もなくその場を立ち去ってしまった。たぶん彼女が心変わりしないうちにと思ったのだろう。

一人になってから、しのぶは改めて写真の男を見た。たしかに二枚目といっていいレベルではある。

——まあ、もし話してみて気に入ったら考えてもええな。あたしも今が売り時やし、学校の教師というのは売れ残る可能性大やからな。それに田中鉄平とか原田のクソガキに、「嫁《よめ》の貰《もら》い手がない」といわれることもないし……。ほんまにあの連中の憎たらしいことというたら……。

そんなふうに考えながらしのぶが湯沸かし場を出ると、その二人がニタニタ笑いながら立っていた。しのぶは思わず、「あっクソガ……」といいかけたところで声を飲みこんだ。

「センセ、教室の掃除終わったで」

鉄平が不気味な笑いを浮かべたままいった。しのぶはちょっと頬をひきつらせて、

「そう、御苦労さん」

といったあと、二人の顔を見較べた。

「あんたら、ずっとここに居《お》ったんか?」

「えっ? ううん、今来たとこやで」と原田。

「そうか……。何か聞いたんと違うか?」

「何も聞いてへんで」

と鉄平。「何か面白いことでもしゃべってたんか?」

「そんなもん、しゃべってるわけないやろ」

「そしたら聞こえるわけもないやん」

「…………」

「センセ帰ってええか？」

原田が訊《き》くので、「うん、ええよ」としのぶは答えた。すると二人は顔を見合わせてから、ものすごい勢いで廊下を走っていった。そして彼等の姿が廊下の角を曲がったかと思うと、次の瞬間、こらえていたものを爆発させるような笑い声が聞こえてきた。

2

「はい、捜査一課です」

受話器を取り上げたのは漆崎《うるしざき》だった。いつもはだらしない顔つきでも、事件となると締《し》まるのがこの刑事のいいところだ。だが今日は、締まるどころか一層力が抜けたみたいに緩《ゆる》んだ。

「ああ、居《お》るで。ちょっと待ってや」

漆崎は受話器を新藤に差し出した。「友達からや」

「ともだち？」

新藤は首をひねりながら受話器を受け取り、「はい、代わりましたが」と電話の相手に呼びかけた。が、その次には椅子から落ちそうになっていた。

「君ら、何考えてるねん。こんなとこに電話してきたらあかんやろ」

相手を知っている漆崎は笑いをかみ殺している。そのようすを横目で見ながら新藤は声を落とした。

「何？　あほ、ちゃんと仕事してるがな。……な、何いうてるねん、君らの知らんとこで手柄《てがら》たててるんや。たまたま目立ってへんだけや。おい、それより用件は何やねん」

新藤は苦虫《にがむし》をかみつぶしたような顔で受話器を耳にあてていたが、やがてその顔から表情が消えた。そして、受話器を掌で覆《おお》うようにしてしゃべりはじめた。

「おい、それ……ほんまか？」

「ほんまやで」

ストローでズズーっとアイス・ココアを飲みほしたあと、鉄平がいった。「今週の土曜日に見合いするらしいわ」

「レストランで会うねんて」

チョコレート・パフェを食べながら原田もいった。新藤はコーヒーを前にしたまま黙りこんでいる。

鉄平たちが通う大路《おおじ》小学校の近くにある喫茶店である。しのぶの見合い話に関する情報を提供するからと、新藤はここまで呼び出されたのだ。

「せやけど先生の方は、そう乗り気でもないんやろ？」

新藤は二人の表情を見ながらいった。

「うん。レストランで何食べてもええという話につられたみたいやな」

原田がいうと、新藤は少し胸をなでおろした。「あの人は食い物に弱いからなあ」

「けど男前の、しのぶセンセ好みらしいで。センセは男前にも弱いからなあ」

そういって鉄平はグラスに残った氷をポリポリとかじり、「アイスクリーム食べてもええ？」と訊いた。新藤は上の空で適当に頷《うなず》いている。

「なあ、どうするの？」

原田が訊いてきた。「刑事さんがセンセのこと好きなん僕ら知ってるから教えたったんや。ほっといたらセンセをどっかの男に取られてしまうで。なんとかした方がええのと違うか？」

「そんなことというたかて、俺にはどうすることもでけへんやんけ」

「邪魔するというのはどうや？」

鉄平がいった。「僕も原田も協力するでぇ」

「あ、あほなこというなよ。そんなことできるわけあれへんやろ。どこで見合いするのかもわかれへんのに」

「場所やったら知ってるで」

鉄平はそういってニヤニヤした。「何時から始まるかも知ってるし。見合いの様子を覗きにいくだけでもええと思うねんけどな」

「あほな……そこまでする気はないわ」

新藤は水をガブガブ飲んで、ネクタイを緩めた。

3

というわけで、その週の土曜日の四時前。

しのぶと中田が地下鉄梅田駅を出ると、空にはどんよりと雲が広がって、小雨が降りだしていた。

「なんや、出る時には降ってへんかったのに。ついてないなあ」

しのぶは吐き捨てるみたいにしていった。

「せっかくよそいきのワンピースに着替えてきたのに、濡《ぬ》れてしまうわ」

中田は咳《せき》ばらいをした。「どうでもええけど、その言葉遣い今日一日だけはやめてや。まとまる話もまとまらんわ」

「なんで？　こういうものは、ありのままを見てもらわんとあかんのと違いますか？」

「時と場合によるがな。あんたの場合は、ありのままを見せとったら男が逃げてまうで」

「えらいいわれようやな」

そんなやりとりをしながら二人が某ホテルの前に着いたのが、四時ジャストだった。ここの一階ラウンジが相手方との待ち合わせ場所になっている。そのあと上の階にあるレストランで食事をするというのが今日の予定だった。

ところがラウンジで待っていても相手はなかなか現れなかった。早くも十分が経った。

「こんな時に遅れるやなんてどうかしてるわ。教頭先生、相手になめられてんのと違いますか？」

イライラすると気持ちの抑えがきかなくなるしのぶは、中田に咬《か》みついた。

「いや、おかしいな。そういう人と違うねんけどな」

ちょっと電話してくる、と立ち上がりかけた時、「中田先生ですか？」と声をかけてきた男がいた。しのぶが顔を上げると、例の写真の男前だった。

「ああ、今電話しよと思てたところなんですわ」

中田は救われたような顔をした。相手の男は腰を折って頭を下げた。

「遅れてすみません。ちょっと仕事の打ち合わせがあったものですから。社長も少し遅れて来るはずです」

「そうですか。仕事やったら仕方おませんな。あっ、紹介します。こちらがうちの学校で教師をしてはる――」

「竹内しのぶ、二十五歳です」

中田も唖然《あぜん》とするほどの素早さで立ち上がると、しのぶはよそいきの声を出して一礼した。

男前も微笑んで応えた。「こんにちは。本間《ほんま》義彦《よしひこ》です。二十八歳です」

「今、座ったで」

メニューで顔を隠している新藤に鉄平が教えた。「わかってる」と新藤は答える。

彼等はしのぶたちから一番離れたテーブルに陣取っていた。

「やっぱり男前やろ。刑事さんより、だいぶ上やな」

原田がのんびりした声でいった。

「あほ、男は顔と違うで。それにしても相手の男ひとりとは変やな。K工業の社長が一緒に来るていう話やったやろ？」

「前はそう聞いたけどな。なんか用事でもできたんと違うか」

そういってから鉄平は新藤の服の袖《そで》をひっぱった。「刑事さん見てみい、あのセンセの上品ぶった顔。あんな顔、学校で見たことないで」

そういわれて新藤も、メニューのかげからようすを窺《うかが》った。

「すると本間さんは、先月までは東京の営業所の方にいてはったんですか？」

中田の質問に、本間は頷いた。

「そうです。ところが、こちらの本社の方で大きな変化がありましてね、急遽《きゅうきょ》呼ばれたというわけです」

ずっと東京にいたというだけあって、本間は標準語でしゃべる。その口元にしのぶは見とれていた。

「大きな変化て何ですか？」

中田が訊いた。

「海外に工場を作るんですよ」

本間は答えた。「うちの親会社が、輸出向け製品については、殆《ほと》んどを現地生産するというふうに決めたんです。そこで、向こうとの連絡係として僕が選ばれたというわけなんです」

「ほう、するといよいよ海外進出というわけですな。繁盛《はんじょう》なことや」

中田は相好《そうごう》を崩《くず》しかけたが、本間の方は曇《くも》らせた顔をゆっくり横にふった。

「円高で、やむをえずそういうことになったのです。現地生産するということは、国内での生産を減らすということですからね。結局は下請《したう》けを切り捨てるということになる。うちのような子会社クラスは親会社についていけばいいが、孫請けあたりだと死活問題ですよ。今まで世話になってきているだけに、つらいことですね」

そして本間はコーヒーを飲み、苦《にが》そうに顔をしかめた。

――エリートでも、それを鼻にかけずに下請けの心配をする、なかなかできんことやわ。

しのぶは感心しながら水を飲んだ。彼女はさっきから水ばかり飲んで、一言もしゃべっていない。どうも話題が固くて、自分には向いていないように思えたからだ。もっと柔らかい話題——例えば阪神タイガースは優勝するかどうかとか、肉と魚とどっちが好きかというような話題——が出てくるまで待っているわけだが、どうも本間はそういうタイプではないらしかった。

相変わらず本間と中田が難しい会話を交わし、しのぶが適当なタイミングで頷いていると、ウェイターらしき男がラウンジの中央に出てきて、

「お客さまの中に、本間様はいらっしゃいますか？」

と呼びかけてきた。本間はちょっと驚いた顔を見せたあと、「僕ですが」とウェイターにいった。ウェイターは、「お電話が入っております」と、歯切れのいい口調でいった。

「おっ、相手の男の方がどっか行ったで」

鉄平が新藤の袖《そで》を摑《つか》んだままいった。「今日は用事があるからいうて、これで中止になるのやったらええのにな」

「そうはうまいこといかんやろ」

新藤は相変わらずメニューで顔を隠していた。その時彼の背広の内側で、何かがピーピー鳴りだした。

「服が鳴ってるで」と原田は新藤の上着を掴んだ。

「あほ、ポケット・ベルや。ちっ、よりによってこんな時に」

新藤は公衆電話のところに駆けていった。


「えらいこっちゃあ」

ものすごい勢いで走ってきた男を見て、しのぶは目を丸くした。白いスーツを着た、一見二枚目ふうのその男は、じつは三枚目の新藤刑事だったからだ。

「新藤さん、なんでここに?」

「センセ、えらいことです」と新藤は息をきらしている。

「なんや君は。見合いの邪魔しに来たのやったら承知せえへんで」

中田の言葉に、新藤はむっとした。「見合いどころやおませんで」

「大変です」

そこへ本間が戻ってきた。しのぶと中田は彼の方に向き直った。

「社長が殺されたそうです」と本間は息をきらせながらいった。

「ええー」としのぶと中田は声を上げた。

「それや」と新藤はいった。「そのことをいいに来たんですがな」

「誰ですか、あなたは？」と本間。

すると新藤はネクタイを締め直して、本間の方を向いた。

「何を隠そう、大阪府警の新藤です。しのぶセンセとは、親しくしていただいてます」

「へえ……」

本間はしばらく沈黙したあと、「なるほど、さすがに警察は動きが速いですね」と適当に納得したようだった。そして彼はさらに新藤の後方に視線を移した。「で、後ろにおられるお子さんは？」

「たなかてっぺい」

「はらだいくお」

「わっ」としのぶは飛び上がった。「なんであんたらがここにおるねん」

「いろいろと事情があるんや。なっ」

なっ、と鉄平にいわれた新藤は知らんぷりをしている。しのぶは彼を睨《にら》みつけた。

「とにかく刑事さんも揃《そろ》ったことだしちょうどいい」

何がちょうどいいのかわからないが、しのぶは本間の言葉に頷いた。

彼は続けた。

「僕は車で来ていますので、これから早速《さっそく》会社に行こうと思います。刑事さんもどうぞ」

4

豊中市の少しはずれ、緑地公園が北に見えるあたりにK工業の本社工場はあった。その工場の中で、社長の元山政夫《もとやままさお》は殺されていたのだ。工作機械の組立をする工場内で、今日は休日のため、社員は誰も出勤していないはずだった。

「凶器はスパナです。死体のそばに落ちてました。後ろから、思いきり殴られたようですな」

所轄《しょかつ》署の若い刑事が、あとからやってきた漆崎に説明した。

「指紋は？」と漆崎が訊いた。

「凶器の方は拭《ふ》きとられてます。ほかの場所から出てきてるのは、たぶん従業員のものやと思われますけど」

「凶器を拭いた布は見つかりましたか？」

「いえ、現場付近には落ちてませんでした」

「なるほど」

漆崎は頷いた。「死体を見つけたのは？」

「守衛のおっさんです。一日中守衛室の奥に引っ込んでテレビを見てたらしいですけど、夕方に一遍だけは見まわりをするそうです。で、その時に見つけたと」

「一日中引っ込んで……か。それやったら、誰かが勝手に会社の敷地内に入っても気づけへんでしょうな」

でしょうなあ、とその刑事もいった。

漆崎が工場を出ると、雨が本降りになっていた。頭に手をかざしながら事務所まで走った時、一台の車が構内に入ってきた。

車は事務所の前で止まり、中から新藤が転げ落ちるような格好で出てきた。

「おう、なかなか早かったやないか。ちょうど今から……」

漆崎の声が中途半端《はんぱ》に途切れたのは、新藤の後からしのぶが降りてきて、その上悪ガキの二人も当然のような顔をして出てきたからだった。

「すんません、いろいろと深い事情がありまして」

新藤は頭を掻《か》きながら漆崎にいきさつを説明した。漆崎はうんざりした顔と苦笑とを混ぜたような表情をして、しのぶを見た。

「ほんまにようゴタゴタに巻き込まれまんな。体質でっか？」

しのぶは唇をとがらせ、「世の中にゴタゴタが多いのは警察が頼りないからですよ」といった。

しのぶたちを別室に待たせて、漆崎と新藤は事務所の隅にあるソファで事情聴取を行った。まず最初は死体発見者の守衛である。守衛といっても痩《や》せて背が低く、ガードマンとしてとても役に立ちそうにないじいさんだった。

じいさんは、元山社長が来た時刻だけは正確に知っていた。事務所と工場の鍵を元山が持っていったからで、ノートにその時刻を記入してあったのだ。それによると、二時ジャストに彼は会社に来ている。

だが元山のその後の行動や、他の訪問者については、じいさんは何も知らなかった。なにしろ、奥の部屋でテレビを見ていたのだ。用のある者は窓口のところにあるブザーを鳴らすことになっているが、誰も鳴らさなかったという話だ。

守衛のじいさんの次に呼ばれたのは本間である。今のところ、彼が一番最後に元山社長を見たことになっている。

「三時にこの事務所で社長と待ち合わせをしていたんです」

本間は宙に視線を浮かべながらいった。

「四時に大阪のホテルに行くことになっていましたからね。ところが三時を少し過ぎても社長がみえないので、もしかしたらと思って工場に行ってみたら、そこにおられたというわけです」

「その時は生きてはったわけですか？」

新藤の質問に、「無論です」と本間は答えた。「せっかく休日に来たのだから、工場内を少し視察しているのだとおっしゃいました。それで、少し遅れていくから、先に行ってくれと」

「三時に事務所で会うというのは、本間さんからの提案ですか？」

漆崎が訊くと、本間は首をふった。

「社長の意見です。たぶん工場視察を最初から予定されていたんでしょうね」

「その前に誰かに会うとかいう話は、されてなかったですか？」

「いいえ。少なくとも僕は知りません」

「なるほど」

さらに漆崎は、元山社長が殺されたことについて心当たりはないかと尋《たず》ねた。本間は即座に首をふり、「いいえ、全くありません」ときっぱりと答えた。

「よくわかりました。――ところで竹内先生のことは気に入りましたか？」

「はあ？」

「先生と見合いしたんでしょう？　どない思いました？」

「それは……なかなか活発な人だと思いましたね」

ははは、と漆崎は笑った。「活発程度で済《す》んだらええんですけどね」

「……？」

「いや、どうもつまらんこと訊きました。もう結構です」

本間は怪訝《けげん》そうにしながら事務所を出ていった。

「なかなか、ええ男やな」

本間が去ってから、漆崎は肘《ひじ》で新藤の脇をついた。「あれだけの男やったら、センセを取られてまうかもしれんで」

この言葉に新藤が顔色を変えた時、制服警官が入ってきて、元山武夫《たけお》が到着したことを告げた。武夫というのは元山社長の息子で、専務の肩書きを持っているということだ。

それから間もなくして、その武夫が現れた。乱暴にドアを開け、大股《おおまた》で入ってくると、刑事たちの前のソファにどんと腰を下ろした。細身の身体にいかにも仕立てのいいスーツを着て、髪をぴしっとオールバックに決めている。年齢は三十過ぎという感じだが、態度は相当でかい。

「元山武夫さんですか?」

漆崎が訊いたが武夫はこれには答えず、「犯人はわかりましたか?」とかん高い声で逆に尋ねてきた。

「いや、それはこれからです」

そういってから漆崎は横に立っている男に目線を移した。武夫のあとについて入ってきた男だ。四十前後の太った男で、背を丸めて立つのが癖《くせ》のようだ。

「おたくは?」と漆崎は訊いた。

太った男はハンカチで額を拭きながら、

「工場長の田辺《たなべ》といいます」といった。

「私の参謀役ですよ」

横から武夫が口をはさんだ。「それよりどうなんです?　犯人の目星ぐらいはついてるんですか?」

「いや、せやから御協力願って……」

「本間は調べましたか？」

武夫は漆崎を無視していった。「あの男が最後に親父に会《お》うてるんでしょ？　ということは一番怪しいわけや」

「ほう」

漆崎は相手の目を見つめた。「本間さんが元山社長の命を狙《ねら》う理由があるんですか？」

「理由なんか、なんぼでも考えられます」

武夫は足を組みながら鼻を鳴らした。「あの男は会社を乗っ取るつもりなんですわ。親父を殺したのは、その第一歩かもしれん」

「乗っ取るて……何か根拠でもあるんですか？」

「あいつのやり方見てたらわかりますわ。うまいこというて親父の目え引きよった。あの調子で会社ごと自分のものにするつもりやろうけど、私の目はごまかせません」

漆崎は新藤と顔を見合わせ、それからまた相手に目を戻した。

「本間さんのほかに、元山社長の命を狙いそうな人物に心当たりおませんか？」

「おませんな」

武夫はそうあっさり答えたが、田辺が腰を曲げ、彼の耳もとで何事かを囁《ささや》いた。するとこの若い専務は大きく頷いた。

「そうや、あの連中を忘れてた。あいつらも親父のことを恨《うら》んどったかもしれんな」

「あいつら?」

「下請けの連中ですわ」

つまらなさそうに武夫はいい捨てた。「円高不況で、切り捨てた下請けがぎょうさんあるんです。家族だけでやってるような町工場ばっかりですけどね、あの連中やったら逆恨《さかうら》みして親父を殺しよるかもしれん」

「そのリストか何かありますか?」

「もちろんあります。けど、わざわざ刑事さんが出向くこともおまへんで。この近所に住んでる連中ばっかりや」

そして武夫は横の田辺の方に顔を向け、「あとで下請けの連中に、ここへ来るように連絡しといてや」といった。田辺は小さく頷いた。

「それから」

漆崎は二人の顔を交互に見ながらいった。

「今日一日、お二人がどこにいてはったかを教えてもらえたら助かるんですけど」

するとと武夫はひきつったみたいに頬《ほほ》を歪《ゆが》め、「アリバイですか？　こら面白いですな」と彼にしては低い声でいった。

「実の息子が父親を殺したていわはるんですか？」

「いや、これは一種の習慣みたいなものなんですわ。気にせんといてください」

漆崎が頭を下げると、武夫はふんと横を見た。

「昼過ぎまでは女の部屋におりましたわ。それからちょっとミナミをぶらぶらして……麻雀《マージャン》を始めたんは何時頃やったかな？」

「三時から始めました」

田辺が後を引き継いだ。「三時にミナミの『ロン』という雀荘《ジャンそう》に集まりました。で、そこに社長が殺されたという連絡が入ったんです。私は雀荘にいくまでは自宅にいました」

「雀荘にね」

漆崎は二人の顔を見直してから、手帳をしまった。「これはどうもお手数おかけしました。犯人は何としてでもつかまえますよって、もうしばらく待っといてください」

「よろしゅう頼んますよ」

武夫は入ってきた時と同じく、ズボンのポケットに手をつっこんだまま大股で出ていった。田辺は電話をかけに、漆崎たちから少し離れた机の方へ歩いていった。

5

「……ということは、社長さんが殺されたのは三時以降やということになりますね」

漆崎たちが事情聴取をしている部屋とは別のロビーで、しのぶは本間からおおよその事情を聞いた。田中鉄平と原田を、教頭の中田に送っていってもらったので、ようやく静かになったところである。だいたい、なぜあの三人がここに来る必要があったのかよくわからないのだ。もっとも、しのぶ自身もあまり大きなことはいえないが……。

「僕が社長に会ったのは、正確には三時十分頃だと思いますけどね。それから守衛が死体を見つけたのが五時頃だという話だから、その間に殺されたというわけですね」

落ち着いた口調で本間はいった。

「それにしても、なんで社長さんはこんな日に工場視察なんかやるていい出しはったんでしょう？　わざわざ見合いに遅れてまで……。ふつうやったら、見合いの方を最優先するのと違います？」

その『見合い』というのが自分たちの話だったので、しのぶは少し顔を赤くしながらいった。

「さあそれは……社長は、思いたったらすぐに実行しないと気がすまない性格でしたから、そのせいかなと僕は考えていたんですけど」

自分が責められているような気になったのか、本間の台詞《せりふ》は少し歯切れが悪かった。

「それにしても……」

と、しのぶは内心ちょっと面白くなかった。教頭の中田の話だと、元山社長の方もずいぶん見合いには熱心だということだったが、どうやらあまり重要視していなかったらしいと察せられたからだった。

そんな話を交わしていると、突然部屋のドアをノックする音がした。そして入ってきたのは、ねずみ色の作業服を着た小男だった。白髪《しらが》まじりの頭は薄く、度の強そうな眼鏡《めがね》をかけている。どう見ても、貧相な印象しか受けない男だ。

「戸村さん」

本間が小男に声をかけた。「どうしてここに？」

戸村と呼ばれた男は、本間の顔を見ると救われたように表情を明るくし、それから目をしのぶに移すと戸惑《とまど》ったように瞬《まばた》きした。

「ああ、こちらは竹内しのぶさん。今日僕と見合いをしてくださった方だよ」

紹介を受けてしのぶが会釈すると、戸村は小さな身体をさらに曲げて頭を下げた。

「これはどうも、戸村といいます。本間さんにはいろいろとお世話になってます」

「うちの下請け工場の親父さんなんです」

本間はしのぶに説明した。「主に旋盤《せんばん》をお願いしてるんですけどね。——それにしても戸村さんは何しにここへ？」

すると戸村は、田辺工場長に呼ばれてきたのだと答えた。彼の話によると、ほかの下請け業者も呼ばれたらしく、今もそのうちのひとりが刑事の事情聴取を受けているということだった。

「なんで下請けの人まで呼ぶんでしょう？」

しのぶが訊くと、

「たぶん我々の中で、元山社長に恨みを持ってる者がおると踏んだんでしょうな」

と戸村が答えた。「何しろ最近は、とんと仕事を貰《もろ》てないさかい」

「で、戸村さんは刑事に訊かれたら何と答えるつもりなんだい？」

「訊かれるて、何を？」

「だからつまり、アリバイだとか、心当たりだとかだよ」

すると戸村は腕組みをして、「心当たりはおませんわな」と答えた。

「アリバイいわれても困りますな。別に時計見ながら、生活してるわけやないし」

「三時から五時までのアリバイがあったら、ええはずなんです」

しのぶが横からいった。「社長さんはその間に殺されたはずですから」

「へえ、そうですか。その頃やったらたしか、散髪屋にいってましたな。ちょうど三時に行ったはずや」

戸村は薄い頭を触った。あまり散髪したてには見えなかったが、髭《ひげ》やもみあげのあたりは奇麗にそってある。

「散髪屋の前は？」

本間が訊くと、町工場の親父は、ちょっと首を捻《ひね》ってみせた。

「パチンコに行ってましたな。けど、今日は誰にも会わんかったし、それを証明せえていわれても困りまんな」

「三時以後のアリバイがあるのやったら充分ですわ」

しのぶは明るい声でいった。

そのうちに制服警官が現れて、戸村に来るようにいってきた。「ほな、ちょっと行ってきますわ」と小男の親父はしのぶたちに頭を下げた。

関係者の事情聴取がほぼ終わったと思われる頃に、しのぶは本間の車でK工業をあとにした。彼が家まで送っていってくれることになったのだ。

「社長さんは、誰かと会う約束をしてはったんやないでしょうか？」

ワイパーがフロントガラスを拭きとるようすを見ながら、しのぶはいってみた。

「よう考えてみると、社長さんが本間さんと会社で待ち合わせしたということも、ちょっとおかしいと思うんです。ふつうやったら駅かどこかで落ち合うんやないですか？」

「それは僕も変だなと思ったんですがね」

本間は巧《たく》みにハンドルをきる。「会社に出る用があるからって社長がいったんですよ。でも、その用というのが人に会うことだったかもしれませんね」

「もし社長さんが誰かと会う約束をしてはって、その相手というのが犯人やとすると」

しのぶは唇に人差し指をあてて考えた。

「その相手と会う約束の時刻というのは、三時以降やったということになりますね。とすると……社長さんは最初からお見合いには遅れるつもりやったことになるわ」

また少し面白くない気分が頭をもたげてきたが、その気配を察してか、

「約束の時刻が三時以後だとはかぎらないんじゃないかな。社長は見合いには間にあうつもりでも、たまたま相手の方が遅れてやってきたのかもしれないでしょう」

と本間がフォローした。

「そういうたら、社長さんが会社に来はったのは二時ちょうどやという話でしたね。人に会うのに一時間も前から待ってるというのは変ですね」

「かといって、約束の時刻が二時頃で、相手がそれに一時間以上も遅れたというのも不自然でしょう。やはり会う約束はしていなかったと考えた方がいいんじゃないかな」

「そうすると社長さんは、純粋にお見合いよりも工場視察の方を優先したことになるわ。なんか、がっかりやなあ」

そういってしのぶはため息をついた。彼女にしても今回の見合いにそれほど乗り気だったわけではないが、相手が消極的だったことを知るとやはり気落ちしてしまう。

「社長は見合いを軽く見ていたわけじゃないと思いますよ」

言い訳するような調子で本間はいった。

「どうしても仕事を優先してしまう気性なんですよ。でも今日別れ際《ぎわ》にいってくれました。生憎《あいにく》の雨だけど雨降って地固まるっていうからなって。あなたに会うことも楽しみにしていたようですよ」

「雨降って……ですか。その台詞て、結婚式に雨が降ったら、来賓《らいひん》のひとりが必ずいうんですよね」

本間は薄く笑った。

「こんなことになったけれど、僕は今日あなたに会えてよかったと思いますよ。できればもう一度正式に見合いをやり直したいと思っているぐらいです」

「ようしうわ、それどころの騒ぎやないくせに」

しのぶは思わずそういっていた。

6

千里《せんり》ニュータウンは、大阪万博以来——ずいぶん昔の話だが——急激に開《ひら》けた町である。地下鉄千里中央駅を降りると、高層マンションがいくつも立ち並んでいるのが見える。

K工業経理部大原ゆり子のマンションも、その中にあった。

——使いこみ……ですか？

漆崎は班長の村井警部とのやりとりを思いだしていた。今朝の豊中署内でのことだ。

警部は禿頭《はげあたま》を前後にふった。

——会社の経営の方を調べてる連中からの知らせやけどな、ここ一年の間に一千万近い金が消えとるそうや。

——犯人は？

——わからん。せやけどだいたいの目星はついてる。経理部の女子職員や。

——ははあ。

——鑑識の話やと、骨のつぶれ具合からして女の力やないということやけど、臭いことにかわりないわ。ちょっと行ってきてくれや。

——わかりました。

というわけで漆崎と新藤がゆり子に会いにきたのだった。

玄関のチャイムを鳴らすと、ドアの向こうに人の立つ気配があった。漆崎は手帳を出すと、覗《のぞ》き穴に向かって差し出した。乱暴に鍵をはずす音がして、ドアが開けられた。

「大阪府警の者ですけど、社長さんが亡くならはったこと、御存知ですか？」

相手が言葉を発する前に、漆崎は先手を取ってしゃべった。

「ニュースで見ましたけど」

ゆり子は小柄で、ややきつい感じのする女だった。狐《きつね》みたいやな、と傍《はた》で見ていた新藤は思った。

「ちょっとそのことでお訊きしたいことがあるんですけど」

「あたし、関係ありません」

彼女はドアを閉めようとしたが、漆崎が素早く足をいれてそれを阻止《そし》した。

「ついでに帳簿のことも訊きたいんですわ。勘定の合わんところがありますよって」

漆崎がおだやかにいうと、ゆり子は一瞬だけ狐のような目で彼等を睨んだ。だがすぐに観念したのか、ドアを閉める力を緩めた。

万博公園の見えるリビングで、漆崎たちはゆり子と向かい合った。

「変わった煙草《たばこ》吸うてはりますな」

テーブルの上の箱を取って新藤はいった。

「プレイヤー……て読むのかな？　外国の物ですな」

ゆり子は、彼が箱の匂いを嗅《か》いだりするのを不愉快そうに見ながら、

「帳簿に細工したことは認めますけど、あたしが使いこんだんと違います」

と漆崎にいった。

「そしたら誰が使いこんだんですか？」

「専務です。社長の息子の」

「ほう」

「帳簿を書きかえて金を回したら、その五パーセントを分け前としてくれるって専務からいわれたんです」

「五パーセント？　えらいケチくさい分け前でんな」

「父親の会社の金は自分の金と一緒やねんから、別に悪いことやない。手間賃やったら五パーセントで充分やていわれました」

「元山社長はそのことを知ってはったんですか？」

「知ってたはずです。今まであかるみに出てけえへんかったのも、社長がごまかしてくれてたからやと思います」

「二代目がボンクラやと苦労するという見本みたいな話ですな」

新藤が横からいった。

豊中署に戻って、漆崎は大原ゆり子から聞いた話を村井警部に伝えた。

「……それから、ゆり子にはアリバイがありました。昨日は近所のエアロビクス教室に行っとったんです。裏もとりました」

「ごくろうさん」

「問題は武夫です」

漆崎は自分の肩をもむしぐさをした。「このことで元山社長が武夫を責めたことは充分に考えられますな。で、いい争いになって……」

「かっとなってスパナで殴る、か。たしかに可能性はある。けどな、武夫にはアリバイがあるで」

「三時からはミナミの雀荘でしたな。で、本間の証言によると三時過ぎに社長はまだ生きてたことになってる」

「共犯いうことも考えられますよ」

突然横から口を出したのは新藤だ。彼は漆崎の隣にきていった。「ほんまは三時以前に武夫が殺してたのかもしれませんよ。ところが本間が武夫に頼まれて偽証しとるのかも」

「それも考えられるな」

警部はやんわりといった。「けど、今のところ武夫と本間の利害関係がわからんやろ。偽証するからには、それなりの理由があるはずや」

「そしたら本間の単独犯行ですわ。殺したあと、すました顔して見合いに行って……」

「おい、ウルシ」

と村井警部は漆崎のアダ名を呼んだ。

「はい」

「こいつ、なに興奮しとんねん？」

「すんません」

と漆崎は頭を下げた。「ちょっと個人的な事情があって、熱《あつ》なっとるんですわ。――ええから、おまえはあっちいっとけ」

文句をいう新藤の背中を押したあと、漆崎はまた村井警部の方に向き直った。

「そのほかに臭い人間というたら、例の町工場のおっさんですな。戸村とかいいました。なんでも、下請けの中でも真っ先に切り捨てられたそうで、再三抗議しに来とったらしいです」

「ああ。けどあいつにもアリバイがあるやろ？」

「散髪屋に行ってたという話ですな」

「せやろ。念のためにたしかめさせたけど、間違いないようや」

警部がそういって顔をこすった時、そばの電話が鳴りだした。受話器を取った若い刑事は、漆崎たちの方に向かっていった。

「凶器を拭いたものと思われる布が見つかったそうです」

7

「しかしあなたも物好きな人だなあ」

ラジオのボリュームを調整しながら本間はいった。「今度の事件はあなたには無関係なんだから、知らん顔をしていればいいのに」

「すいません、しょうむないことお願いして」

しのぶは助手席で首をすくめた。昨日本間が、その後の経過を見るために明日も工場に行くつもりだといったので、ぜひ自分も同行したいと申し出たのだった。

「自分のお見合いの段取りをしてくれはった人が殺されたと聞いては、やっぱり知らん顔はでけへんと思いますから」

などといってはいるが、早い話が持ち前のヤジ馬根性が首をもたげてきたにすぎない。

「それに例の若い刑事さんともお知り合いのようですしね」

本間がいった。新藤のことをいっているのだ。

「いえ、別にあんな人は全然関係ないんですけど」

『あんな人』というところを、しのぶは強くいった。

「でも彼の方はそんなふうじゃなかったみたいですよ。僕を見る目に敵意がこもっていました」

「自分よりも優秀な人やったら、誰にでも敵意を持つんです。自分がヒラやから」

あはは、と本間が笑ったところで車は会社についた。が、門を通ろうとしたところで、二、三人の男に囲まれた。制服警官が一人と、背広の男が二人だ。そのうちの一方は、噂《うわさ》の新藤だった。

「本間さんですね。署まで御同行願えますか?」

もう一方の刑事らしき男が窓越しに本間にいった。しのぶの側の窓には、新藤が顔を近づけてくる。

「センセ、なんでこんなやつの車に乗ってるんですか? 早よ降りてください」

「どういうことですか？」

本間が訊いている。すると相手の刑事がいった。

「凶器のスパナを拭いたと思われる布が見つかったんです。それも本間さんの机の引き出しからです」

「嘘や」といったのは、しのぶだった。

「ところがほんまです」

と新藤がいう。「センセ、こういうことがあるから知らん男と見合いなんかしたらあきません。結婚はやっぱり慎重に……」

「署まで来ていただけますね？」

刑事がいう。本間はこっくりと頷いて、

「そういう事態ならしかたがないでしょうね」といった。

「ただしまず車を駐車場に入れさせてください。こちらには同乗者もいるので」

「いいでしょう」

本間は車を動かし、工場の脇に止めた。そしてシート・ベルトを外《はず》すと、ズボンのポケットから何か取り出して、それをしのぶに差し出した。

「これを戸村さんに渡していただけませんか。昨日会った、町工場の主人ですが」

それは手帳サイズの名刺入れだった。

「なんでこれを？」

「渡していただければ結構です。説明している時間はないので」

そういうと本間はドアを開けて車を出て、刑事たちの方に向かって歩きだした。彼と逆に車に向かって走ってくるのは新藤だ。

「先生、怪我《けが》はありませんか？」

「なんであたしが怪我してるはずがあるんですか」

いいながらしのぶも車を降りた。「だいたい本間さんを疑うやなんて、どうかしてるんと違います？　あの人が社長さんを殺す動機なんかあれへんでしょ」

そして彼女はずんずん歩く。新藤はあわててその後をついていった。

「いや、しかしですね、現に凶器を拭いた布が見つかっとるんやから……」

「そんなん犯人の罠《わな》やわ。その程度のこともわからんと、よう刑事やってるわ」

「そのとおり」

前から声をかけてきたのは漆崎だ。二人を見てニヤニヤしている。「自分の恋仇《こいがたき》やと思て、こいつちょっと感情的になっとるんですわ。まあ許したってください」

「ウルシさん……しょうむないこと、いわんといてください」

新藤はしのぶを横目で見て口をとがらせたが、彼女の方は全然意識せずに漆崎の前まで進んでいった。

「漆崎さんも罠やといわはるんですね？」

「まあ犯人の罠でしょうな。本間氏の引き出しから布を見つけたのは見張りの警官なんですけど、それがなんや、とってつけたみたいな話でね。たまたま引き出しが半開きになっとって、そこから布が覗いてたというんですわ。見つけてくださいといわんばかりにね。たぶん犯人が、昨日のうちに本間さんの引き出しの中に布を入れといたんでしょう」

「けど昨夜はずっと見張りがついていたはずですよ。誰も事務所には近づけんかったはずです」

新藤がいった。

「別に昨夜しのびこまんでもええやろ。罪をなすりつけるつもりやったら、社長を殺したあとすぐに、スパナを拭いた布を本間氏の引き出しの中に入れたらすむことや」

「せやけど罪をなすりつける小細工にしては、ちょっとお粗末ですね」

しのぶはいってみた。「あたしやったら、もっとええ方法使いますわ。本間さんの持ち物を用意しといて現場に落としとくとか……」

「それはいえる」

漆崎も頷いて同意した。「誰でもそう考えるやろな。少なくとも、布を引き出しからはみ出させとくというような、見え見えな手は使わんやろ。ということは……布を本間氏の引き出しに入れたのは、犯行直後ではないのかもしれんな。死体が発見されて、現場には近づけんようになったから、苦肉の策でそういう手を使《つこ》うたんかもしれん。そうすると、犯人が引き出しに布を隠したのはいつや？」

「夜はあきませんよ。見張りがついてますから」

と新藤はさっきと同じことを繰り返している。

「あの時と違います？」

しのぶがいった。「事務所の隅で、漆崎さんらが関係者から事情を聞いてはった時です。あの時やったら本間さんの机に近づくこともできたんと違います？」

「なるほど、あの時か……」

一瞬目を伏せた漆崎が、またすぐに顔を上げた。「あいつや」

「どいつです？」と新藤。

「田辺や。下請けに電話するとかいうて、机の方に歩いていきよったやろ」

「あーあ」

新藤は大口を開けて頷いたが、また真顔に戻って、「けどあいつには動機がありませんで。その代わりにアリバイはあります」といった。

「アリバイ……か。どいつもこいつもアリバイを持っとるんやな。昨日は天気が悪かったわりに、みんなどこかへ出かけとる」

「降りだしたんは三時過ぎでしたからね、朝から雨やったら家におるでしょう」

そういえば昨日家を出る時は降ってなかったのに、見合いの直前になって降りだしたのやったなと、しのぶは思いだしていた。

――あれは悪い前兆《ぜんちょう》やってんなあ。殺人事件が起きて、文字通り見合いに水をさされたもんなあ。ふん、何が『雨降って地固まる』や……。

「あーっ」

「ど、どうしました？」

突然しのぶが大声をあげたので、新藤はびっくりして飛び上がった。

「社長さんが殺されてたのは、工場の中でしたね？」

「そ、そうです」

「どの建物です？」

「あの……」

と新藤が指差した時には、しのぶはもう駆けだしていた。「あっ先生、どうしはったんですか？」

「行ってみよ」

漆崎も走りだしたので、新藤もそのあとに続いた。

殺人現場は工場内の主要通路上で、両脇にはさまざまな機械が置いてある。そして床上にチョークで描かれた人形《ひとがた》を中心にして、ロープをはってあった。

しのぶはロープをまたいで中に入り、人形のあたりに立った。

「やっぱり思たとおりやわ」

工場内を見まわしながら、彼女はつぶやいた。

「いったいどうしはったんですか？」

あとから来た漆崎が訊いた。新藤もやって来る。

しのぶは二人の顔を交互に見て、「社長さんが殺されたのは、三時以前なんです」

といった。

「せやけど本間氏は、三時過ぎにここで社長に会《お》うたというてはりまっせ」

漆崎の言葉に、しのぶは首をふった。

「嘘ついてはるんです。本間さんがここに来た時には、社長さんはもう死んでたはずなんです」

「なんでですか？」と新藤が訊いた。

しのぶは、昨日本間に家まで送ってもらった時に彼がした話を新藤たちに聞かせた。つまり、例の『雨降って地固まる』という言葉を元山社長が使っていたという話だ。

「それがどうかしたんですか？」

漆崎はまだ合点《がてん》がいかないようすだった。それでしのぶはいった。

「本間さんが社長さんに会うたのは三時過ぎやという話でしたけど、社長さんが工場に入りはったのはもっと前でしょ？　そしたら雨が降りだしたことなんか、知らんかったはずやと思うんです」

あっ、という形に漆崎は口を開いた。

「小降りの時の雨音なんか、工場の中におったら聞こえへんやろうし、窓というたら天井についてるだけ。外の天気なんか、絶対わかれへんと思うんです。つまり社長さんが雨のことなんかいうはずがないんです。だからもし本当に本間さんが生きている社長さんに会っていたなら、『雨降って……』の話なんか、あたしにせえへんかったはずなんです」

「本間氏が嘘をついてるということか……けどなんのために？」

「もしかしたら、田辺とグルなのと違いますか？　それでアリバイを作るために嘘をついてるんですよ」と新藤。

「いや、それやったら田辺が本間の引き出しに布を隠したことと矛盾するやろ」

「たしかに……」

新藤が黙った時、代わりにしのぶが、「そうか」と叫んだ。

「今度はどうしました？」と漆崎が訊く。

「本間さんが嘘ついてる理由がわかったんです」

そういうやいなや、彼女はまた走りだしていた。

「あっ、また行ってしもた。よう走る人やなあ。おい、新藤。あんな女を嫁さんにもろたら、年中マラソンやってるようなもんやで」

「いや、あれぐらいやないと、刑事の女房はつとまりませんよ」

いいながら、二人も彼女のあとを追いかけた。

二人がしのぶに追いついたのは、門のところだった。彼女の方が立ち止まって、待っていたのだ。

「戸村さんの家て、どこなんですか？」

しのぶは訊いた。急いでここまで来たが、道を知らなかったのだ。

「戸村？　戸村加工店ですな。わかりました、一緒に行きましょ。おい新藤」

「はい」

「先生の手、ちゃんと摑んどけよ。また逃げられたら、かなわんさかいにな」

「別に逃げてるのと違いますよ。インスピレーションがひらめいたら、つい走りだしてしまいますねん」

「ダチョウみたいですね。まあとにかく先輩命令やから失礼してと——へえ、なかなかごっつい手ですね。ビンタはられたら利きそうや」

「ふん」

新藤と手をつないだまま、しのぶは歩きだした。

戸村は店の奥に座って新聞を読んでいたが、漆崎たちの姿を見るとびっくりして立ち上がった。

「お渡ししたいものがあるんです」

しのぶはバッグの中から名刺入れを取り出すと、それを戸村に差し出した。

「先生、それは？」と漆崎が訊いた。

「本間さんから預かったんです。戸村さんに渡してくれって。——戸村さん、これ、戸村さんの名刺入れでしょ？」

戸村はそれを受け取ると、すぐに頷いた。

「間違いありません。私の名刺入れですわ。これ、どこで？」

「戸村さん」

しのぶは町工場の親父の目をまっすぐに見ていった。「社長さんを殺したのは、あなたと違うんですか？」

親父はびっくりして目をむき、それからあわてて首をふった。

「とんでもない。なんぼ憎いていうても、そこまではできません」

「先生、どういうことですか？」

漆崎が訊いたが、しのぶはそれには答えず、戸村を見据《みす》えたままいった。

「本当なんですね。本当に殺してへんのですね？」

「ほんまです」と親父は答えた。

「けど、本間さんはあなたが殺したと思てはります」

「えーっ」

「先生っ」

少し大きめの声で漆崎がいうと、ようやくしのぶは彼の方を向いた。

「本間さんが工場に来た時に社長さんはすでに死んでいて、そのそばに戸村さんの名刺入れが落ちてたんやと思います。それで本間さんは戸村さんが殺したんやと考えはったんです」

「私は殺してません」

戸村は、すがるような目を刑事たちやしのぶに配った。「昨日はパチンコして、それから散髪に行ったんです。信用してください」

「そうすると」

漆崎は考えこんでからいった。「本間氏は戸村さんを庇《かば》うために嘘をついたということですか。三時過ぎに社長はまだ生きていた……と」

「庇うというより、戸村さんが逮捕されるのを防いだんやと思います」

「同じことやないですか？」

新藤が反論したが、しのぶは首をふった。

「本間さんとしては、戸村さんに自首してほしかったんやと思います。自首やったら罪も軽くなるし……せやから、自首する前に捕まったらまずいと思て、あんな嘘をついたんやと思います」

「そうすると、例の布を引き出しに入れたのも、戸村さんの仕業《しわざ》やと本間氏は思ってるんでしょうか？」

　新藤が、漆崎としのぶの顔を見ながら訊いた。

「たぶんそうやと思います」

　しのぶは答えた。「けどそれも戸村さんの出来心やと信じてはるんです。それで名刺入れを戸村さんに渡してくれと、あたしに頼みはったんです。自分が何もかも知ってるということがわかったら、戸村さんも諦《あきら》めて自首してくれるやろとおもて。たぶんギリギリまで待って、それでも自首せえへんかったら、名刺入れのことを警察にしゃべるつもりなのと思います」

「とんでもない、お人よしやな」

　漆崎は顎をこすりながら、あきれたようにいった。「じつのところは何も知らんかったわけや。たぶん真犯人が現場に名刺入れを落としといて、戸村さんの犯行に見せかけようとしたのやろな」

「犯人にしてみたら、あわてたでしょうね」

　新藤がいった。「名刺入れは発見されへんわ、本間氏は嘘の供述をするわで。それで作戦変更して、罪を本間氏になすりつけることにしたんでしょうね」

「いえ、犯人は作戦変更したわけやないと思います」

しのぶが自信に満ちた言い方をしたので、新藤は少し驚いた顔で彼女を見た。

「といいますと？」

「本間さんの引き出しに布を入れておいたら、戸村さんに裏切られたと思って本間さんが本当のことをしゃべるやろと犯人は考えたんと思います。ところが本間さんはそれでもまだ、戸村さんの自首に期待してはったいうわけです」

「本間さんのお人よしは、犯人の想像以上やったということか」

漆崎がため息まじりにいうと、「ありがたいことです」と戸村はしみじみとした口調でいった。

「我々下請けを大事にしてくれる人でしたけど、そこまで考えてくれはるとは……。刑事さん、私を本間さんに会わせてください。私が犯人やないということを、あの人にはっきりといいますから」

「もちろんそれも大事ですけど、その前に教えてもらいたいことがあるんです。その名刺入れですが、どこでなくしたか覚えてませんか？」

漆崎に訊かれて、戸村は首を傾げた。

「なくなったのは、この一週間のうちやと思うんですが……いつも鞄《かばん》に入れて持ち歩いてたんですけど、気がついたらなくなってたという有様で……」

「この一週間のうちに誰に会いました？」

「いろいろな人に会いました」

と戸村は答える。そうやろな、と横で聞いていたしのぶも思った。

「元山専務には会いましたか？」

とこれは新藤の質問だ。だが戸村は首をふった。

「あの人は、我々とはめったに会《お》うてくれません」

「田辺工場長とは？」

「二週間ぐらい前に顔を合わせたきりです」

「そしたらK工業の人間で、この一週間に会うたのは誰ですか？」

少し苛《いらだ》立っているようすが、新藤の口ぶりから窺えた。

「誰、と訊かれると困りますな。私はしょっちゅうK工業の事務所には出入りしますから、そこにおる人と言葉をかわすことはあります」

「それではわからんなあ」

新藤は頭をくしゃくしゃと掻いた。

「いや、待てよ」

地面を蹴《け》っていた漆崎が、何かに気づいたように顔を上げた。「事務所に行く以上は、金の話をしにいくこともあるんでしょう？」

「そらあります」

と戸村は頷いた。

「そうすると経理に行くこともあるでしょうな？」

「もちろんあります」

彼がいい終わると同時に、「あの女か」と新藤が叫んだ。

「大原ゆり子やな」

と漆崎は何度も頷いた。そしていった。

「これでどうやら、事件の裏が見えてきたみたいやな」

8

田辺の家は、豊中市と吹田《すいた》市の中間付近の小奇麗な住宅街にあった。立派な門構えで、駐車場には外車がおさまっていた。

妻らしい女に通されて漆崎と新藤は応接室で待ったが、現れた田辺は不機嫌そのものだった。

「事情が変わりましてね」

と漆崎は笑《え》みを浮かべながらきりだした。

「犯行時刻は三時以後ではなく、二時から三時の間ということになったんです。それで関係者の方々には、アリバイの再確認をさせてもらってるんです」

田辺の目が光ったようだ。

「変わったというと、どういうことですか？　本間君は、三時過ぎに社長に会ったという話やったでしょう」

「それが嘘やったんです」と漆崎はいった。

「嘘？」

「はあ。何のためにそんな嘘をついたのかは、まだ白状せえへんのですけど、嘘やというのは本当のようです。どうも、真犯人を庇ってるみたいですな」

新藤は田辺の表情を窺った。戸惑ったような、うろたえたような顔つきだ。

「本間君が隠していたことというのは、それだけですか？」

田辺が訊いてきた。

「それだけ……といいますと？」

「だからその……ほかに何か隠していることはなかったのですか？　例えば現場で何

か見たとか、何か拾ったとか……」

漆崎はちらりと新藤と目を合わせ、それからまた田辺を見た。

「何もないようです。それとも田辺さんは何か知ってるのですか?」

「いや別に……」

田辺は小さな咳をひとつした。「それで私に訊きたいことというのは?」

「ですからアリバイです」

と漆崎は平然といった。「二時から三時まで、どこに居てはったかを教えてもらいたいんですわ」

「だから昨日もいったように、雀荘に行くまでは家にいました。二時から三時という たら、車の中です」

「なるほど」

漆崎はシャープペンシルで手帳をポンポンと叩いたあと、「車で家を出たのは何時ころですか?」と訊いた。

「二時ちょっと前……でしたな」

「そしたら、えらい余裕をみて家を出はったんですね?」

「混んだらあかんと思いましてね。いつものことです」

「わかりました。ちょっと車を見せてもらえますか？」

「車？」

「参考までにです」

田辺が渋々案内した車庫には、黒のBMWがあった。ちょっと失礼、とことわって、漆崎は助手席に乗りこんだ。

「刑事さん、いったい何が目的なんです？」

心配そうな田辺を、漆崎は車の中から見上げた。

「ええ車ですな。おまけに買《こ》うたばっかりのようですな。K工業は最近不景気やという話やのに、工場長は儲《もう》かっとるんですか？」

「な、何を……」

そういってる間に漆崎は降りてきた。そして、

「探してたものが見つかりましたわ。田辺さん、これに見覚えあるでしょ？」

と彼の目の前に、煙草の吸い殻を突きだした。

「外国煙草ですわ、プレイヤーという名前の。たしか、大原ゆり子が吸ってましたなあ。さあ、なんでこの吸い殻が田辺さんの車の灰皿に入ってたのか、ゆっくり説明してもらいましょか」

9

事件から三日後に元山社長の葬儀が行われた。しのぶに本間に戸村、それから漆崎と新藤両刑事が、再会した。

「結局この一年の間に、田辺と大原ゆり子は約六百万の使いこみをしとったんですわ。で、元山武夫の使いこみ額が四百万やから、便乗《びんじょう》派の方が多かったということですな」

漆崎が事件の背景を説明した、つまり、武夫が堂々と会社の金を使いこんで、それを元山社長が追及しないことに目をつけて、田辺とゆり子が便乗していたというのが事件のきっかけだったのだ。

「元山社長が、使いこみをしているのが息子だけではないと感付《かんづ》きだしたので、殺す計画をたてたらしいですわ。その際に、人に罪をなすりつける準備として戸村さんの名刺入れをゆり子が盗んでおいたんですな」

「けど、大原ゆり子が田辺の愛人やていうこと、ようわかりましたね？」

しのぶが感心して漆崎に訊いた。

「いや、別に確信があったわけやないです。ただ、ゆり子が収入の割りに上等なマンションに住んでるということは心にひっかかってたんです。まあはっきりいうと、当てずっぽうですな」

「僕の手柄も認めてもらわなあきませんな」

新藤は鼻をぴくつかせながらいった。「ゆり子の部屋から例の煙草をくすねといたのが役に立ったんやさかい」

漆崎が田辺につきつけた吸い殻は、じつは新藤がくすねてきた煙草を田辺に会う直前に漆崎自身が吸ったものだった。

「あれははっきりいうてバクチやった。田辺にとぼけられたら、それまでやったからな。案外気の小さい男で助かったわ。しかし今度の事件の主役は何ちゅうても先生や。あれだけのインスピレーションがあったら刑事になれまっせ。まあそのたびに走りまわられるのは、かなわんけど」

漆崎に持ち上げられて、しのぶは少し照れた。

「いや本当に、しのぶさんのおかげで助かりました」

本間が神妙な顔をしていった。隣で戸村も頷いている。「僕が勝手に誤解して事件を複雑にしてしまったのだけれど、それを解きほぐして下さったわけだ」

「いややわ、あんまり褒《ほ》めんといてください」

「お世辞じゃないです。本当に感謝しているんです。それで僕は考えたんですよ。これぐらいのバイタリティと知力の備わっている方こそ、K工業再建に全力を尽くそうと思っている僕に必要だとね。どうですか？　ひとつ真剣に僕と付き合っていただけませんか？」

「えぇー」

といいながら、しのぶはまんざら悪い気はしていない。本間の人柄については、今度の事件で充分にわかってもいる。

「いや、それはまずい」

二人の間に割って入ったのは、新藤だった。「本間さん、あなたは今女性のことなんか考えてる場合やないでしょう。会社の立直しが先決や」

「だからこそ彼女が必要なんです。だいたい、あなたには関係ないでしょう」

「関係ないとは何ですか。僕は先生とは長い付き合いなんです」

「それはあなたが勝手に思ってることでしょう」

「なんやて、そっちこそ急に出てきたくせに」

「イニシアティブは僕が握っています。何しろ見合いしたんですからね」

「あんなもん無効や。社長が殺されてんから」

「それとこれとは関係ない」

二人が強烈ないい争いを始めたので、葬儀の客が何事かと集まってきた。その人垣をかきわけて、しのぶと漆崎は逃げだした。

「事件以後の方が面白なってきましたな」と漆崎。

しのぶは笑いながら肩をすくめた。

「何でもええわ。男というもんは、小学生とちっとも変われへんねんから」

新藤と本間の争いは、まだ続いている。

しのぶセンセのクリスマス

1

死体は両足を投げだし、風呂場の壁にもたれて座ったような格好《かっこう》をしていた。白いセーターにブルージーンズという服装だが、それらは皆大雨に遭《あ》ったようにぐっしょりと濡《ぬ》れている。顔に血の気は全くなく、長い髪が首筋のあたりにはりついていた。だらりと伸びた左手の指先に貼られたバンドエイドも濡れていた。

「ようするに」

と漆崎《うるしざき》は、死体発見者の高野千賀子《たかのちかこ》にいった。

「今日はクリスマス・パーティをする約束になっていて、藤川さんを誘いにきたところ、死んでいるのを見つけた——と。こういうことなんですね？」

千賀子はハンカチで涙を拭《ふ》きながら、何度も頷《うなず》いた。

事件が起こった部屋の隣が空き室なので、そこで事情聴取をしている。漆崎の横では、後輩刑事がメモを取っている。いつも彼とコンビの新藤は、今日はいない。

高野千賀子は細面《ほそおもて》の美人で、年齢は二十四。淀屋橋《よどやばし》の英会話スクールに勤めているということだった。死体となった藤川明子《ふじかわあきこ》とは高校からの親友で、今夜は一緒にパーティをする予定だったという。今夜はクリスマス・イブなのだ。

「部屋の鍵はどないなってました？」

漆崎が訊《き》いた。

「あいてました。ノックしても返事がないから、戸を引いたらあいたんです。そしたら部屋には誰もいてなくて、シャワーのざあざあいう音だけが聞こえてたんです」

藤川明子の部屋の間取りは1Kである。六畳ぐらいの洋室に、簡単な流しとユニット式のバス・トイレがついている。

「それでシャワー浴びてんのかなと思て、お風呂を覗《のぞ》いたら……」

その時のショックが蘇《よみがえ》ってきたのか、千賀子は涙で声をつまらせた。

「なるほど」

と漆崎は察していった。「で、そのパーティの件ですけど、どういう予定になってたんですか？」

「あたしと明ちゃんと、それから男の人二人で食事しようってことになってました」

「男の人いうのは？」

千賀子はちょっとためらいを見せたが、すぐに口を開いた。

「それぞれの恋人です。松本悟郎《ごろう》さんと、酒井直行《なおゆき》さんという人です」

「藤川さんの恋人はどっちですか？」

「酒井さんです。パーティは酒井さんのマンションですることになってました」

「その人達には、連絡されたんですか？」

「ついさっきしました。すぐにこっちに来るという話でしたけど」

「わかりました。そしたら、高野さんはこの部屋でお待ちになったらええと思います。どうもありがとうございました」

漆崎は礼をいうと、また隣の現場に戻った。狭いが、女性らしい気配りのいき届いた部屋である。隅《すみ》には小さな机があって、その上に写真を入れた額縁《がくぶち》が乗っていた。四人の男女が楽しそうに笑っている。明子は一番左端で、その横が千賀子だった。右の二人は男だ。おそらくそれぞれの恋人だろう。一番右端の痩《や》せた男は、太陽光線が眩《まぶ》しかったのか、目を閉じて写っていた。

「もうすぐ正月やというのに鬱陶《うっとう》しい話や」

禿頭《はげあたま》をぽりぽり掻《か》きながら、村井警部が漆崎にぼやいた。「残念ながらやっぱり殺しやで。自殺に見せかけたつもりやろうけど、鈍《どん》くさい犯人や」

「凶器、見つかりましたか？」

「あかん。どこ探してもないわ」

「そら、困りましたな」

藤川明子の死因は、右手首の創傷《そうしょう》による出血多量だった。千賀子は状況を見て、友人が自殺していると通報したらしいが、不自然な要素が多すぎた。

まず、切られたのが右の手首だということである。千賀子らの証言によると、明子は間違いなく右ききだったということだから、自殺するのならば左手首を切るのがふつうだ。

ためらい傷がないことも、他殺説を後押しする。手首や頸動脈《けいどうみゃく》を切って自殺をはかろうとする場合、致命傷のほかに何本か軽い切り傷が見られることが多いのだ。

それに何よりも、刃物の行方。明子の手首を切ったと思われる刃物が、どこからも見つからないのだ。自殺であるならば、当然死体のそばに落ちているはずだ。

「窓の外はどうですか？」

部屋の窓を差して漆崎はいった。シャワー室を出たところに窓があり、死体発見時には開いていた。自分の手首を切って、刃物だけ窓の外に投げようと思えば、できないこともなさそうだ。

「当然探させてるけどな、見つからんようや。それになんで本人がそんなことをする必要があるねん？」

「そらまあ、そうですわな」

「それから、けったいな手がかりが一つ増《ふ》えた」

村井の言葉に漆崎は首を傾げた。

「けったいな手がかり？」

「これや」

村井はバスルームを開けて、その壁を指差した。ついさっきまで明子の死体がもたれかかっていたあたりである。そこには赤黒い血が乾いてこびりついている。

「あの血がどうかしましたか？」

「よう見てみい。あれは文字になっとるで」

漆崎は顔を近づけてみた。たしかにそれは文字になっていた。

「ケーキ……？」

「そうや」

村井は頷いた。「ケーキ、て書いたある」

「何ですか、ケーキて？」

「わからん。何やと思う？」

漆崎は腕組みをして、「うーん」とまずひと唸《うな》りした。

「まず考えられるのは、食べるケーキですな。それから不景気の景気、ムショに入る刑期……けど、このへんやったら、きっちりケイキと書くかなあ」

「わしもそう思う。ということはやっぱり、あの甘いケーキやろな。今日はクリスマス・イブやし」

「ふうん、クリスマス・ケーキですか……。それにしても、こんなもん書く元気があるのやったら、助けを求めた方がええような気がしますけど」

「コロシとしたら、睡眠薬か何か飲まされた可能性が強い。で、意識朦朧《もうろう》の状態でこれを書いたのかもしれんな。解剖の結果次第やけど」

「ケーキ……ねえ」

「まあ何にしても、大きい手がかりや。推理小説でいうたら、ダイイング・メッセージやからな」

「それをいうんやったら、ダイイング・メッセージですやろ」

「どっちでもええ。それより新藤はどうした？　今日はえらい早よ帰ったけど、連絡つけへんのか？」

「いや、行き先はわかってます。着いたらすぐにこっちに電話するように頼んどきましたから」

「あいつのことやから、クリスマス・パーティにでもくりだしとるのと違うか」

そういって村井は太い鼻毛を一本抜いた。

2

新藤は歩きながら大きなくしゃみを一つした。同時に鼻水がずるっと出る。取り出したハンカチで素早くぬぐうと、またそれをズボンのポケットに戻した。

「大して寒いこともないのに風邪でもひいたんかな。もしかしたら誰かが悪口をいうとるのかもしれん。いうてるとしたら、あのキザなプレイボーイ野郎やな」

新藤は本間義彦《ほんまよしひこ》の端正《たんせい》な顔を思い浮かべて歯ぎしりした。本間はこともあろうに、新藤が好意を寄せている竹内しのぶと見合いをしたのだ。そしてそれ以来、まるで公然の仲のような顔をしてしのぶに接近している。見合いそのものは、お流れになっているのだが、本間の方は諦《あきら》めていないのだ。

じつは今日も本間は、しのぶが教鞭《きょうべん》を執《と》っている大路《おおじ》小学校の前で彼女を待ちぶせしたらしい。今日は終業式で、昼過ぎには学校が終わる。

本間はしのぶに、今夜自宅でクリスマス・パーティをしないかと誘ったらしい。とっておきのワインも用意してあるので、ロースト・チキンでも食べながら乾杯しないかと付け加えたそうだ。

最初ためらっていたしのぶだが、食べ物には極端に弱い。そしたら行こかしら、ということになった。

「けどそこで僕らが話を聞いてたのが、あのおっちゃんの不運やな。いいかえたら、刑事さんの幸運でもあるねんで」――こういったのは、昼間突然電話してきた田中鉄平だ。鉄平はしのぶのクラスの子供で、時々情報を流してくれる。

「僕と原田、しのぶセンセの前に出ていってな、僕らも一緒に行きたいなあていうたってん。そしたらセンセ、そうやな賑《にぎ》やかな方が面白いなていうてくれた」

新藤は受話器を持ったまま思わずにんまりした。

「そしたら本間のやつ、どんな顔しとった？」

「『そうですねえ、それがいいですね』ていいながら、泣きそうな顔で無理に笑《わ》ろとった」

「ギハハハ、ざまみさらせ。抜けがけしよう思た罰《ばつ》や」

「それでな、さらにダメ押し食らわしたってん」

「ダメ押し？」

「うん。どうせやったら警察のおっちゃんも居《お》った方が面白いでて、センセにいうたったんや」

「ほう、それで？」

と受話器を握る手に力がこもる。

「センセ、ちょっと考えてから、『本間さんがかめへんのやったら、その方が面白そうやけど』て。それで僕と原田、あのおっちゃんに、『かめへんやろ、かめへんやろ』ていいまくったってん。おっちゃん、渋い顔しとったけど、観念してオーケーしたで」

「えらいっ」

新藤は思わず声をあげた。「ようやった。感謝するわ。よっしゃ、今日は仕事早よ切り上げて行くで」

「待ってるわ。ところで僕、双眼鏡欲しいねんけどな」

「……………」

「高いのと違うねん。六倍ぐらいのんで、小さいのがあるんや。はっきりいうといた方がクリスマス・プレゼントに悩まんでもええやろ。あっ、ちょっと待ってや……うん、わかった、いうてみる……あのな、原田はマドンナのCDやて」

「マド……」

「マドンナやったら、何でもええていうてるわ。そしたら待ってるからな」

そして電話は一方的に切れたのだった。

——ほんま今日びのガキは油断ならんで。恩きせがましいにしゃべっといて、狙《ねら》いは別にあるんやからな。

新藤は片手に紙袋を抱え、もう一方の手をコートのポケットにつっこんだ姿勢で、本間のマンションに向かった。いうまでもなく紙袋の中は、双眼鏡とマドンナのCDである。そしてじつは双眼鏡を買った店で、金のネックレスも買っている。もちろんそれは、しのぶへのプレゼントだ。

——問題は、本間のアホが何をプレゼントするかやな。抜け目のないあいつのことやから、用意してへんということはないやろ。

そんなことを考えているうちに、また一つ大きなくしゃみが出た。

「大きなくしゃみ。風邪でもひきはったん？」

聞き覚えのある声で振り返ると、しのぶが笑っていた。

「あっ、竹内先生もこれから行きはるとこですか？」

新藤は腕時計を見ていった。約束の時刻は、かなり過ぎている。

「いったん本間さんの所に行きましたけど、また出たんです。よう考えたらクリスマス・ケーキがあれへんから、調達しに行ってたんです」

しのぶは手に持った四角い箱を上げた。白とピンクのストライプの包装紙で包み、赤いリボンをかけてある。

「へえ、ケーキですか。よろしいなあ」

「それが、いつも買う店に行ったら、クリスマス・ケーキは予約してへんかったらあかんていわれたんです。けどうまいことキャンセルした人がおって、その人の分を買《こ》うてきました」

「ラッキーでしたねえ。それは、日頃の行いがええからですよ」

「あたしもそう思てます」

「…………」

そんなことを話しながら歩いていると、前から大きな身体の男が歩いてきた。サンタクロースの格好をして、おもちゃ屋のプラカードと風船を持っている。そしてすれ違う子供に、風船を渡していた。

しのぶの後から新藤が姿を見せると、本間はちょっと眉《まゆ》を寄せた。

「やっぱり来ましたか」

「来たらあかんみたいに聞こえますけど、気のせいでしょうな」

「そうじゃないですけど、仕事の方はいいんですか？」

「幸い世間は平穏《へいおん》でして」

「残念でしたね」

「がっかりしたみたいですな」

「いやそうじゃなくて、あなたのことをいってるんです。ついさっき、漆崎さんから電話がありました。事件が起きたから、至急連絡しろということでした」

「…………」

「本当ですよ」

二人がいい合っているうちに、部屋の奥から田中鉄平と原田郁夫《いくお》が現れた。二人ともロースト・チキンのモモ肉をかじっている。

「双眼鏡、あった？」

と鉄平がのんびり訊く。新藤はその頭をひっぱたいた。

「わかった。しょうがない、後で連絡します。けどその前に乾杯ぐらいやらせてもらいますよって」

「酒はまずいんじゃないかな」と本間。「これから仕事でしょ」

新藤がむかっとした時、しのぶの声が入った。

「そしたらケーキ切りましょ。それ食べて、元気つけてから現場に行ったらええでしょ」

「賛成」と鉄平。原田が拍手する。

「さすが竹内センセや。ええこといいはりますな。そうしましょ」

新藤も、ぽんと手を叩いて部屋に上がった。本間も渋々といった顔つきで頷いた。

しのぶが箱を開けると、生クリームたっぷりのデコレーション・ケーキが現れた。回りにイチゴが飾《かざ》ってあり、サンタクロースと洋館を模《も》した蠟燭《ろうそく》が乗っかっている。そして中央にチョコレートで書かれた文字は、もちろん"Merry Christmas"だ。

鉄平と原田が歓声を上げた。

だがしのぶはナイフを持ったまま首を捻《ひね》った。

「丸いものを五等分するのは難しいなあ……。田中」

「なに？」

と鉄平は、ケーキに目を向けたまま返事した。

「まず円を六等分する場合、扇《おうぎ》の角度を何度にすればいいか答えよ」

「なんや、こんなとこで算数の問題出さんといてえな」

「人生すべて勉強や。早よ、答え」

「もう、明日から冬休みやのに」

鉄平は口をとがらせた。「ええと、全部の角度が三百六十度やから、六等分の場合は……六十度」

「正解。次、原田」

「パス」

「パスはなしや。六等分の場合は六十度。では五等分の場合は？」

「五十度」

「あほ」

しのぶは左手で原田の頭を叩いた。「五等分の場合は七十二度や、よう覚えとき。けどまあ五等分は難しいから、六等分にしよ」

「余ったひとつは誰が食べるのん？」と鉄平。

「そら早いもん勝ちや。人生すべて弱肉強食なんやで」

残ったケーキは自分のもの、という自信満々の顔で彼女がナイフを入れた時、ガチッと金属音が聞こえた。「あれえ」としのぶはナイフを引き抜く。

「何か入ってるみたい」

「変な音がしましたね」

そういって本間が、ナイフを入れたところからケーキを裂いた。ちらりと金属片のようなものが見えた。

「あれれ、こんなものが入っていますよ」

本間が取り出したのは、小さなナイフだった。

「そうか」

と大きな声を出したのは鉄平だ。「このケーキはナイフ付きやったんや。ナイフのない家もあるかもしれへんからな」

「そんなあほなケーキがあるわけないやろ。ちょっと見せてください」

新藤が本間からそのナイフを受け取った。しのぶも横に来て彼の手元を覗《のぞ》きこんでくる。ナイフにはプラスチックの柄がついている。どうやら果物ナイフらしい。

「ギャッ」

と声を上げたのはしのぶだった。彼女は後ずさりしてナイフを指差した。

「ち、ち、ちいや。血がついてる」

「ええっ」

と子供たちは逆に新藤の手元に顔を寄せてきた。

新藤はナイフを眺《なが》めてみた。なるほど何か赤黒いものが刃の部分にこびりついている。

「これは……厄介《やっかい》なことになりそうやなあ」

彼が呟《つぶや》いた時、部屋の隅の電話が鳴りだした。全員がその場で飛び上がった。

本間が受話器を取り、それから新藤に渡した。

「漆崎さんからですよ」

「あっ、どうも」

新藤が受話器を耳にあてると、「何ぐずぐずやっとんねん」という漆崎の声が聞こえてきた。

「コロシや。今、生野《いくの》署におるからな、早よ来い」

「はあ……コロシですか」

ぼんやり答える。新藤は、ケーキからナイフが出てきたショックから、まだ完全に立ち直っていなかった。

「何のんびりしとんねん。コロシや。自殺に見せかけたつもりやろけど、刃物が見つかれへん」

「刃物……ナイフですか？」

手にしたナイフを見ながら新藤は、つい訊いていた。

「そんなとこやろな。鑑識の話では果物用ぐらいの小さなものやということやけど……まあそういうことは、こっち来てからゆっくり教えたる」

「あの、漆さん」

「なんや、こっちは忙しいんやけどな」

「いやその……こっちにもナイフがあるんです」

「そらあるやろ、ナイフぐらい。それがどうした」

「それがその……ケーキを切ってたら出てきまして」

「ケーキ？　ケーキ切るのにナイフは必要やな。それがどうした？」

「いや、ケーキの中からナイフが出てきたんです。ほんまです。嘘《うそ》みたいな話ですけど」

「何？　ようわからんな。ケーキをナイフで切ったら、ケーキの中からナイフが……」

「出てきたんです」

「…………」

漆崎が沈黙した。新藤もそれに倣《なら》う。やがて、「おい」という声が耳に入ってきた。

「ケーキ、ていうたな？」

さっきまでと、うって変わって低い声になった。口調も慎重だ。

「いいました」

「…………」

また声がなくなった。新藤が受話器に耳を押しつけていると、次には鼓膜《こまく》が破れそうなぐらい大きな声が飛びこんできた。

「わかった、すぐ行く。ええか、そこでじっとしとれよ。それからケーキとナイフはそのままにしとけ。指一本触ったら、承知せえへんど」

3

二十分後、漆崎刑事が後輩の広田刑事と鑑識を連れてやってきた。鑑識はナイフ、ケーキの箱、包装紙などから指紋を採取。漆崎は関係者——といっても身内ばかりだが――から事情聴取した。

「その前に竹内先生にお願いがありますねん」

漆崎が頭を掻きながらいった。

「なんですか？」

「今度から、騒ぎが起こってからやなしに、起こる前に連絡してくれませんか。そうしてもらえると助かるんですわ」

「そんなこといわれても、いつどこで起こるか、あたしかて分かりません」

「ほんまですか。先生はどこで騒ぎが起こるか知ってて、わざと首突っ込んでんのと違うんですか」

「ふん」

「まあ、そしたら質問にかからしてもらいましょ」

まず漆崎は、どういう経過で、このナイフ入りケーキをしのぶが手に入れたのかを尋《たず》ねた。彼が真面目な顔をしたので、しのぶも真面目に答えることにした。

そのケーキ屋は今里《いまざと》駅前の『ポンポン』という店だった。しのぶは学校からの帰りに、よくここでケーキを買って帰るのだ。だから女店主などは彼女の顔を覚えている。

予約をしていないことでクリスマス・ケーキは手に入らないと知ったしのぶは、他のケーキで間にあわせようと陳列ケースを眺めていた。店に電話が入ったのはこの時で、客のひとりがキャンセルしたいという。本来なら認めないところだが、たまたましのぶが来ていたので、そのケーキを彼女に回すことで折り合いがついたのだ。

漆崎は後輩の広田刑事に、その『ポンポン』に電話して、誰がキャンセルしたかを訊くように命じた。

「で、先生はそのあと真っすぐにここへ来はったわけですな？」

「はい。途中で新藤さんに会いました」

「くどいようですけど、ケーキをどっかに置いたということはありませんな」

「ありません」

「なるほど」と漆崎は頷いた。

「やっぱりあのナイフが、漆崎さんが調べてはる事件で使われた凶器なんですか？」

しのぶが漆崎に尋ねた。

「断定はできませんな」

漆崎は顎をなでながらいった。不精髭《ぶしょうひげ》が伸びている。

「けど可能性は強いですな。傷口と刃物の感じが一致してるし、それに何より……」

「なんですか？」

「いや……別に何もおません」

「ダイイング・メッセージでしょ、漆さん」

新藤が横から口を挟《はさ》んだ。「被害者は、『ケーキ』ていう書き置きを残したらしいやないですか。広田から聞きましたで」

「おまえなあ」

漆崎はうんざりした顔で新藤をみた。「おまえの辞書には秘密という言葉がないんか？　べらべらしゃべりくさって」

「相手次第ですがな。しのぶセンセに隠し事する必要はおませんやろ。いつも協力してもろてんねから」

「そうやわ、水くさい。――新藤さん、そのダイイング・メッセージのこと教えてください」

「ええ、じつは――」

新藤は漆崎が苦々しい顔をする横で、事件現場に『ケーキ』と血文字で書いてあったことを彼女に教えた。新藤はこれらのことを広田刑事から聞いたのだ。

「ふうん……なんでその女の人は、そんな書き置きを残したんやろ？」

「それがわかったら苦労しますかいな」

と漆崎。声がかなり不機嫌だ。

「もしかしたら」

と、しのぶは右手を顎にあて、その肘《ひじ》を左手で支えたポーズを作った。「その女の人は、凶器がケーキの中に隠されることを知ってたんと違いますか？　それで、それを教えるつもりでそういう書き置きを残した……」

「それや、それに間違いおませんで。さすがは先生や」

新藤がおだてる横で、「まあそれが妥当《だとう》な考え方ですな」と漆崎がつぶやいた。

「ここに来る途中の車の中で、私もそこまでは考えました。それでまあ書き置きのことは説明できるとして、ほかに納得のいかんことはいろいろありますな。何より解《げ》せんのは、なんで犯人はケーキの中なんかに凶器を隠したか、いうことですな」

「それは証拠隠滅《いんめつ》のために……」

いいかけて、しのぶが口ごもったのは、すぐに矛盾に気づいたからだった。

「ケーキの中なんかに隠しても、意味ありませんな」

漆崎がちょっと皮肉な笑みを浮かべていった。「どっちみち、いつかは見つかってしまうねんから」

「そうか……これはなかなか難しい謎ですなあ」と新藤。

「感心してる場合と違うで。この謎を解かんことには、ゆっくり年を越されへんで」

おどかすようにいうと、漆崎は鑑識係の方に行った。新藤としのぶも後をついていく。鑑識はケーキを調べているところだった。遠まきにして鉄平と原田、それから本間がそのようすを見ている。

「ナイフには犯人の指紋はついてないようですね」

金縁《きんぶち》眼鏡をかけた鑑識係が漆崎にいった。

「二人の指紋が出てますけど、ひとつは本間さんので、もうひとつは新藤刑事のものでしょう」

「ふうむ」

「ええトリック、思いついた」

突然新藤がいった。「犯人はうっかりナイフの指紋を消すのを忘れていた。そこで、わざと自分がナイフを見つけたふりをして、指紋がついていても嫌疑《けんぎ》がかからないようにする——ええ手や」

「まるで僕を疑っているような推理ですね」

本間が横目でじろりと新藤を見た。「でもそれはあなたにもいえることですよ」

「僕は刑事です。残念でした」

「指紋のトリックで嫌疑を逃れ、しかも犯人は警官だった、という方がトリックとしては凝《こ》っていますよ」

新藤がさらに何かいいかえそうとしたので、漆崎は咳《せき》ばらいをした。そして、

「包装紙の方の指紋はどうですか？」

と鑑識係に訊いた。

「こっちも二種類ですな。ひとつは竹内さんのもの。もうひとつはわかりません」

「ふうん。たぶんケーキ屋の店員やな」

「今、どこからナイフを仕込んだのか調べてるんですけど、どうもこの辺から突っ込んで、そのあと指でクリームを伸ばしてごまかしたようですな」

鑑識係はケーキの脇を指さしていった。漆崎は頷きながら聞いたあと、

「ここに変な凹《くぼ》みがあるけど、何やろ？」

といって、ケーキの端《はし》を差した。

「それは原田が舐《な》めたあと」

といったのは鉄平だ。原田はむっとして、鉄平を睨《にら》んだ。

「けど、その横のチョコ食べたのは鉄平やで」

「おまえらな」

漆崎が二人を睨んだ。「証拠物件に触ったらあかんていうてるやろ。——ということは、ここの欠けてるところも、おまえらがつまみ喰いしてんな？」

「そこを食べたんは……」

鉄平の言葉に原田も声をそろえて、「しのぶセンセや」

「すいませんっ」

漆崎の後ろにいたしのぶが、タイミングよく頭を下げた。

ケーキ屋に電話していた広田刑事が戻ってきた。

「ケーキをキャンセルした客がわかりました」

「誰や？」

「松本です。松本悟郎——高野千賀子の恋人です」

「なんやて」

漆崎は唸った。

4

翌日の昼過ぎ、しのぶはちょっとした用で学校へ行く途中、昨夜ケーキを買った『ポンポン』に寄った。『ポンポン』の店主は四十歳ぐらいの太った女性で、しのぶとは顔馴染《なじ》みである。女店主は彼女を見るなり、満面に愛想《あいそ》笑いを浮かべた。

「これは先生、昨日はうちのケーキのことで、えらい御迷惑をおかけしたそうで」

しのぶは顔の前で掌《てのひら》を振った。

「おたくも被害者やねんから、気にせんといてください。それより警察の人来ました？」

「来ました、来ました。いろいろ訊かれましたし、いろいろ調べていきました」

「どんなこと訊いていきました？」

「せやからいろいろと……先生、立ち話もなんやから、こっち来て座ってください。迷惑かけたお詫《わ》びに、お茶ぐらい御馳走《ごちそう》しますわ」

女店主は奥のテーブルを指した。そこはパーラーになっているのだ。

「けど、お忙しいのと違いますの？　クリスマスやし」

一応しのぶは遠慮したが、女店主は顔をしかめて首をふった。

「クリスマス・ケーキはイブ過ぎたら終わりですわ。独身女性と一緒です」

「独身女性？」

「二十四で売り頃、二十五過ぎたら叩き売り、ていうんです。面白いでしょ。——ええと、竹内先生はおいくつでした？」

「二十五です……」

「…………」

「で、警察の人は何訊いていきました？」

椅子に腰かけると、気を取り直すようにしのぶは尋ねてみた。女店主は少し救われたような顔をした。

「あ……あの、ケーキを注文したのは誰かとか、昨日誰がケーキに近づいたか、とか」

「それで何て答えはったんですか？」

「ケーキを注文したのは松本ていう人です。キャンセルの電話もその人からかかってきました。ケーキに誰が近づいたかは、はっきりわかりません」

「わかれへんのですか？」

しのぶは怪訝《けげん》に思って訊きなおした。

「はあ。あの、先生も昨日見はったと思うんですけど、注文されたケーキは箱に入れて店の陳列ケースの上に並べてあったでしょ。せやから、客のふりして入ってきたら、誰でも近づくのは簡単なんです」

「けど、ケーキの中にナイフを隠すていうたら、相当難しいのと違います?」

「まあそうですけど、あたしはケーキを箱詰めしたり包装したりする時は後ろの台に向かうから、その時やったらできるかもしれませんねえ。まだ包装はしてなかったから、蓋《ふた》を取ってブスッと刺しこんで、また蓋をするぐらいの時間はあると思います。刑事さんにも、同じことというたんですけど」

「ふうん、そうですか」

この店はアルバイト店員はいなくて、この女店主ひとりが客の相手をする。犯人が客を装って何か買い、それを包装してもらっている間なら、たしかに隙《すき》はあるかもしれない、としのぶは思った。

彼女が考えこんでいる間に、女店主は紅茶を入れてくれた。

「昨日のお客さんの顔なんか、覚えてないんですか?」

しのぶが訊くと、「刑事さんにも、同じこと訊かれたんです。殺されたいう人の写真も見せられました」といって女店主は少し情けなさそうな顔をした。

「けど昨日はイブやったでしょ？　ひっきりなしにお客さんが来るものやから、よう覚えてないんです」

「なるほどねえ」

しのぶは頷き、紅茶を啜《すす》ってから、「あのケーキには注文した人の名前を書いた札か何かをつけてあったんですか？」と訊いた。

「つけてました」

と女店主はいった。「注文してもろた時の注文書を箱に貼ってあったんです」

ということは、犯人が意図的にあのケーキを選ぶのは簡単だったということになる。

「ほんまに、こっちとしてもえらい災難でしたわ。店の信用に響かんかったら、ええんですけど」

「大丈夫ですよ。それにあの刑事さんらは、見かけによらず案外優秀やから、犯人かてすぐに捕まりますわ」

しのぶは女店主を元気づけ、それから世間話を少ししてから『ポンポン』を出た。

店を出て駅前通りを歩いていると、カメラ屋の前で中年の男二人の話しているのが彼女の耳に入ってきた。一方はカメラ屋の主人で、その相手をしているのは隣の薬屋の主人らしい。

「ほんまやで、あれは絶対ＵＦＯやで」

カメラ屋がいっている。「こう、ゆっくりと、東の方に飛んでいったんや。初めて見たから、びっくりしたで」

「ふうん、そうか。けどあんたは近眼やからなあ、凧《たこ》かなんかと見間違うたんとちゃうんか？」

薬屋の意見は冷《さ》めている。

「凧なんかと絶対違う。あれはＵＦＯや。賭けてもええで」

カメラ屋はムキになっていった。

――へえ、こんなとこにもＵＦＯが出ることあるんかいな。

何気なく聞き流しながら、しのぶは二人の横を通り過ぎた。

5

しのぶが『ポンポン』にいた頃、漆崎と新藤の二人は松本悟郎のマンションを訪ねていた。彼の仕事先は高野千賀子が事務員として働いている英会話スクールだが、昨日で今年の授業は終わったのだ。松本はそこで講師をしている。

二人の刑事はリビング・ルームに通された。高野千賀子の話では、松本は年齢二十九歳、外大卒業後アルバイトをしながら通訳の勉強をしてきて、二年前から今の仕事をしている。一年と二ヵ月ほど、アメリカで生活したということだ。色浅黒く、背が高い。ちょっと日本人ばなれした彫りの深さで、ファッション雑誌のモデルでもできそうだ。

――こういうタイプは嫌いや。

ひと目見て、新藤はまずこう思った。

「――というわけなんですよ」

やや緊張した面持《おもも》ちの松本に、漆崎がゆっくりと事情を説明した。事情というのは、もちろん、ケーキの中からナイフが出てきたことだ。

「どういうことなんですかねえ」

「全くわかりません」

松本は、青ざめた顔を左右に振った。「明ちゃんが死んだことでも驚いているのに、それが殺人事件で、しかも凶器がそんなわけのわからないところから出てくるなんて……本当に僕には何がなんだかさっぱり……」

学生時代から関東に住んでいたということで、松本は東京弁に近い発音をする。こんなところも新藤のカンに触った。本間を思いだすからだ。

「ケーキを注文したのは松本さんでしたね？」

漆崎が訊いた。松本は頷いた。

「クリスマス・パーティをやることになったので、じゃあケーキも用意しようということで注文したんです。僕の家の近くにケーキ屋があったものですから」

「ほう、そういうたら、ここからケーキ屋はすぐ近くでしたなあ」

漆崎は手帳を見て確認した。そして事件のあった藤川明子のアパートも、ここから二キロほど西にいったところにある。

「パーティをやろうといいだしたんは誰ですか？」

「千賀ちゃんだったと思います。彼女はそういうのが好きなんですよ」

「ケーキのことは？」

「それも彼女です。僕や酒井は、あまり甘いものは歓迎しなかったんですけどね」

酒井というのは酒井直行――殺された藤川明子の恋人だ。

「それで、ケーキを受け取りに行くのも、松本さんの仕事やと決まってたわけですな？」

「まあ成り行き上そうなっていました。ところが千賀ちゃんからここに電話があって事件を知り、ケーキどころではないと思ってキャンセルしたんです」

「なるほど。で、昨日のパーティの予定は、どうなってたんですか？」

「どうということはありません。僕と千賀ちゃんと明ちゃんが落ち合って、酒井の部屋に七時に集まるということになっていました」

「しかし、松本さんは遅れられたんですね」

「ええ、ちょっと……今年最後だったものですから、いろいろと雑用が残ってましてね。なかなか解放されなかったんですよ」

「それで高野さんひとりが藤川さんのアパートに行って、死体を見つけたということですな？」

松本は深いため息をついて、

「どうやらそういうことらしいです」

といった。

「ところで話は変わるんですけど」

漆崎は上目遣《うわめづか》いに松本を見た。「藤川さんが殺されたことで、何か心当たりはおませんか？　ちょっとしたことでも、かめへんのですけど」

するとと松本は薄く目を閉じて、ゆっくりとかぶりをふった。そんな質問はお話にならないということを示したいようだ。

「人にはいろいろと秘密がありますからね、彼女にも何かあったかもしれません。でもこれだけは断言できます。彼女を憎んだり恨《うら》んだりした人は皆無《かいむ》です」

「ええ人やったんですな」

「親切で、思いやりのある人でした。僕の証言で不足なら、スクールの連中に確かめてみればいいですよ」

「スクール？」

漆崎は訊き直した。「スクールというと、英会話スクールですか？」

「そうです。――ああ、いい忘れてましたね。彼女は今の仕事をする前は、うちの学校にいたんです。千賀ちゃんと一緒で、事務をしていたんですよ」

「ほう。それがなんで辞めはったんですか？」

「事務は自分には向いてないからっていってましたよ」

「向いてない……ですか」

少し引っ掛かったが、漆崎はこの件についてはほかの人間に訊いた方がいいかもしれないと思った。

「本当に犯人が憎いですよ」

松本が吐き捨てるみたいにいった。「彼女は幸せの絶頂にあったはずなんです。酒井との結婚も決まっていましたしね。――刑事さん、なんとしてでも犯人を捕まえてください。そして死刑にしてしまえばいいんだ」

彼は右の握《にぎ》り拳《こぶし》で、左手の掌《てのひら》を叩いた。

松本の部屋を出ると漆崎と新藤は駅に向かった。次は酒井直行に会うことになっている。酒井は日本橋《にっぽんばし》の電器店に勤めていた。

「松本か……どう思う？」

近鉄奈良線の各停電車のつり革を握って、漆崎が新藤に訊いた。

「嘘ついてるようには見えませんでした。それに、あいつにはアリバイがあるでしょ」

藤川明子の死亡推定時刻は、昨日の午後五時から七時の間とされている。その頃松本がスクールにいたことは確認がとれている。

「おまけに、ケーキにナイフを仕込むこともできませんで」

「そうやなあ……」

例のナイフを鑑識で調べた結果、付着していた血は間違いなく藤川明子のものと判明した。傷口も一致しており、犯行に用いられた凶器と判断してよさそうだった。

「それにしても、犯人はいったい何のために、あんなわけのわからんことをやったんやろなあ。ナイフをケーキの中に隠すことに、何か意味があるんやろか？」

「もしかしたら、藤川明子はその意味を知ってたんかもしれませんな。それであんな書き置きを残したんと違いますか」

漆崎は身体をねじらせて、自分よりかなり背の高い新藤を見上げた。

「おまえ、なかなか鋭い意見をいうこともあるねんな」

「そんなに鋭いですか」

新藤はちょっと嬉しそうな顔をした。

「鋭い。おまえにしては、な。ナイフ入りケーキの意味を推理してくれたら、もっと感激やねんけどな」

「そこまでは無理です」

「まあそうやろな」

そんなことをいっているうちに、電車は日本橋に到着した。

日本橋は東京の秋葉原のように、町いっぱいに電器店が並んでいる。酒井直行が勤めているのは、五階建てビルの三階売り場だった。ここではワープロ、パソコン等のコンピューター関連機器を売っている。

売り場奥にある小部屋で漆崎たちは酒井と向かい合った。段ボール箱を天井まで積みあげてあって、部屋の中央に安っぽいテーブルと椅子を置いてある。

酒井は痩せた男で、おまけに顔色も良くなかった。気の弱そうな印象を、漆崎と新藤は受けた。

「今日はお休みになるものと思てましたけど」

探るような目で漆崎はいった。酒井はかすかに首を縦《たて》に動かした。

「そうしたかったんですけど、年末でものすごく忙しいし、僕が休んだところでどうにもなりませんから」

酒井の声にはさすがに力がなかった。

漆崎は二、三度頷いてから、

「早速ですけど、藤川さんとはいつ頃からの付き合いですか？」

と訊いた。酒井は少し身体を固くしたようだ。背筋が伸びる。

「六月からですから……半年ぐらいになります」

「どういう関係でお知り合いになったんですか？」

「松本と千賀ちゃんに紹介してもろたんです。僕と松本は高校の時からの付き合いで、あいつが大阪に帰ってきてからは、しょっちゅう会《お》うてましたから」

「ははあ、半年前というと、藤川さんが英会話スクールに勤めてはった頃ですな」

「そうです。あの三人は仲が良うて、なんとか明ちゃんに恋人を世話しようと松本と千賀ちゃんが相談して、僕が選ばれたというわけです」

「で、お互いに気に入って、付き合いが始まったというわけですな？」

酒井は力なく頷いた。

「来年の春には式を挙げることになってました」

「それはそれは……」

漆崎は手帳に視線を落とし、それからまた酒井を見た。「ところで最近の藤川さんのようすに、何か変わったところはありませんでしたか？」

「変わったところ？」

「何でもええのです。今まで付き合いのなかった人間と付き合いだしたとか」

酒井は首を捻った。

「彼女はあまり社交家やなかったから、最近になって交際範囲が変わったということはありませんでした。付き合いがあったというたら、僕以外にはやっぱり千賀ちゃんや松本ぐらいでした」

「すると、今度のことでも心当たりはないということですか？」

「ありません。犯人はたぶん強盗か何かと思います。そういう方面も調べておられるんでしょう？」

「もちろん、いわれるまでもなく調べてます」

漆崎はこういったが、強盗のセンは薄いと判断されていた。盗まれたものはないようだし、室内を物色《ぶっしょく》した形跡《けいせき》もない。手首を切るという殺害方法にしても、流しの犯行とは思えなかった。また藤川明子の体内から睡眠薬が検出されていることからも、犯人は顔見知りではないかとみられていた。つまり隙を見て薬を飲ませて眠らせ、シャワー室に運んで手首を切ったというわけだ。

顔見知りとなると、今の酒井の言葉を借りるまでもなく限られてくる。

漆崎はこんなことは形式的なものだという口調で、酒井の前夜のアリバイを訊いてみた。彼の表情が途端《とたん》に険《けわ》しくなった。

「六時頃自宅に帰って、それからずっと部屋にいました。仲間を待ってたんです」

「ひとりで？」

「ひとりです。証明はできませんけど、僕を疑うのは見当はずれですよ」

「いや、わかってます」

漆崎がなだめるように何度も頷いた。「ただちょっと、訳の分からんことになっとるものやから、慎重になってるだけです」

そういって漆崎は、ケーキの中からナイフが出てきたことを話した。酒井の目が丸くなった。

「本当に訳が分かりませんね」

「そうですすやろ。この話で、何か思いつくことはありませんか？」

酒井はしばらく首を傾けて考えていたが、やがてあきらめたように顔を横に振った。

「見当もつきません」

「やっぱりあきませんか」

それから漆崎と新藤は酒井に礼をいって、この電器店のビルを出た。

6

小学校で用事を済ませたしのぶは、真っすぐに駅に向かうつもりだった。じつは今夜も本間から食事に誘われているのだ。今夜も、というより今夜こそといった方がいいかもしれない。結局昨夜はあのまま、何となく散会してしまったのだから。

だが神社の前を通って駅に向かう途中、境内《けいだい》に見覚えのある顔が揃《そろ》っているのを見つけて、しのぶは足の向きを変えた。

そこにいたのは、鉄平、原田に畑中を加えた悪ガキトリオだった。鉄平が双眼鏡を目にあてて空を見上げ、その横で原田と畑中も上を見ていた。三人とも口を開けているのがおかしかった。

「何やってんの？」

しのぶが声をかけると、三人はゆっくりと彼女を見て、「わっセンセや」と驚いた声を出した。

「また何かしょうむないことやってんのと違うか」

そういってしのぶは空を見上げた。白い雲が全面を覆《おお》っていて、どんよりとしている。そこには何もなかった。

「何を見てたんや？」

「ＵＦＯ」と鉄平がいった。

「ＵＦＯ？」

「まあ、僕は信用してへんねんけどな。この二人がうるさいから」

そういって原田は、ジャンパーのポケットから出したティッシュで、ちんと一回洟《はな》をかんだ。

「うちの妹が、ゆうべ変なもん見たていいよってん」

畑中がイガグリ頭を掻きながらいった。

「窓から外を見てたらな、何か黒い物がふわーっと空に浮いてたんやて。それで何かなあと思てそのまま見てたら、どんどん上に上がっていって、しまいに見えへんようになったらしいわ」

「ふうん……どんな形してたん？」

「それが夜やし、相手が黒い物やから、よう見えへんかってんて」

「何かと見間違うてんで。アドバルーンか何かやろ」

原田はまた洟をかむ。どうやら風邪をひいているらしい。

「それでその正体をたしかめよと思て、さっきからここで見張ってるというわけや」

鉄平がまた双眼鏡を覗きこむ。それが昨日新藤からせしめたものだということを、しのぶは知っていた。

——それにしても偶然やな。

しのぶは、ついさっき商店街を通った時に耳にはさんだ話を思いだしていた。カメラ屋の主人らしき男もしゃべっていた。昨夜、ＵＦＯを見た――と。

彼女は畑中を見た。

「妹さんは、どのへんに浮いてたていうてるの？」

「あっち」

畑中が指差したのは、ちょうど駅のある方向だった。ということは、カメラ屋の主人が見たものと同じだという可能性は強い。

――ふうん、世の中には変わった話があるものやなあ。

そんなことを考えながら、しのぶはしばらく空を見上げていた。

7

地下鉄の淀屋橋駅から梅田に向かう途中に、『ムジカ』という紅茶専門店がある。薄暗い店内は、木をふんだんに使った装飾を施《ほどこ》してある。

酒井直行と別れたあと、漆崎と新藤はこの店にやってきて、大きなカップになみなみとつがれたシナモン・ティーを啜っていた。待ち合わせの相手は筒井美智代《つついみちよ》といって、英会話スクールに勤めている女性だ。今日からスクールは休みなので、自宅に電話したところ、この店を指定されたのだった。

美智代は約束の時間に五分ほど遅れて現れた。年齢は二十代なかばだろう。なかなかの美人であることが、二人の刑事を喜ばせた。

漆崎はまず、藤川明子が殺されたことを知っているかどうか尋ねてみた。知っている、と美智代は答えた。

「あんなええ子が殺されるやなんて、ほんまにびっくりしました」

美智代は紅茶をひと口飲んでから、こういってため息をついた。

「評判は相当よかったみたいですね」

と漆崎がいうと、彼女は深く頷いた。

「気立てはええし、仕事は真面目やし、上の人からのウケも良かったんですよ」

「けど藤川さんは、今年の夏に辞めてはりますね。なんでですか？」

「それがよくわかれへんのです」

美智代はそのことが不満であるかのように唇を少しとがらせた。「辞める理由なんかなかったはずなんです。まああたしは、それほど彼女と仲が良かったわけやないですけど」

「男性問題はどうでした？」

それまで黙っていた新藤が、突然口を挟んだ。「それまで付き合《お》うてた男にふられたとか、逆にふったとか――そういう話は聞きませんでしたか？」

すると美智代は少し表情を緩《ゆる》めて、

「その点やったら自信を持っていえます。そんなことは絶対ありません」

と首をふった。

「そういう浮いた話は一切なかったということですか？」

漆崎が確認するように訊いた。

「そうです」

と彼女はきっぱりとした口調でいったが、そのあとで少し声をひそめて、「まあこれはここだけの話ですけど、事務の女の子の中には、講師の男の人とええ仲になる人が多いんです。なぜかというと、海外経験が豊富な人がほとんどやから、一緒に海外行っても心強いでしょ。当然言葉はペラペラやし」

「なるほどねえ」

漆崎は感心したような声を出した。「しかし藤川さんは、そういう交際は全くしてなかったというわけですな」

「ええ」と美智代は頷いた。

「男の方から言い寄られるということもなかったみたいですか？」と新藤。

「なかったと思います。なにしろあの子は、いつも高野さんとか松本さんと一緒におるでしょ？　言い寄る隙がなかったんと違いますか。それに、そのうちに男の人を紹介してもろたみたいやし」

「その相手の男の人を知ってはりますか？」

と漆崎が訊いた。

「一遍《いっぺん》だけ梅田の地下街で会うたことがあります。話はせえへんかったけど……」

美智代は何かいいかけてやめたようだった。漆崎は彼女の顔を覗きこんだ。

「話はせえへんかったけど――何ですか？」

「ええ、あの……あんまり風采《ふうさい》の上がらん人やなて思いました。松本さんの友達ていうから、期待してたんですけど」

「ああ……なるほど」

漆崎は、ついさっき会った酒井のことを思いだした。痩せていて、顔色が悪く、気の弱さが全体から滲《にじ》み出ているような男だった。若い女性にしてみれば、頼りなさを感じてもしかたがないだろう。

「藤川さんが辞める前、松本さんや高野さんとの仲はどんな感じでした？　別に変わりはないようでしたか？」

「それはなかったと思います。高野さんと藤川さんはいつも一緒やったし、松本さんも変わりなく付き合っておられました」

「……そうですか」

漆崎は新藤を見た。質問はないか、という合図だったが、新藤は小さく首をふった。それで漆崎は美智代に礼をいい、冷めた紅茶を飲みほしてから腰を上げた。

「しんどい目して、聞きまわってるわりには収穫がありませんねえ」

地下鉄のベンチに座って新藤はぼやいた。

「誰に訊いても、いうことは一緒や。あの人が殺されるはずない——そんなことというても、事実殺されてんから、どっかに犯人はおるはずですわな」

そして彼は、背広の内ポケットから一枚の写真を出して眺めた。そこには牧場らしき場所を背景に、四人の男女が写っている。藤川明子の部屋に飾ってあった額縁から取り出したものだ。四人というのはいうまでもなく、明子、千賀子、松本、酒井の四人だ。

たぶん六甲牧場あたりだろう。明子の机の引き出しからは、同じ時に撮ったと思われる写真が何枚か出てきている。

「まあそういうなや。俺は収穫はあったと思てるで」

「どういう収穫です？」

「まあそれはゆっくり話すとして、ひとつ気になることがあるねんけどな」

「なんです？」

するると漆崎はまわりを見てから声をさらに低くして、

「ナイフのことや」

といった。「あのナイフがクリスマス・ケーキの中から見つかったというのは、もちろん不思議なことなんやけど、その前に解《げ》せんのは、何のために犯人が現場から凶器を持ち出したかということや。あのまま現場に残しといたら、いろいろと不審《ふしん》な点はあるとしても、我々としては自殺の可能性も考えざるをえんかったやろ？　そうすると少しは捜査の進行を遅らせることができる。犯人はなんでこのメリットを捨ててまで、凶器をあの部屋から持ち出したか？」

「それはナイフを例のケーキに隠す必要があったからと違いますか？　その理由を訊かれたら困りますけど」

「いや、そう考えてしまうと堂々めぐりや。これはひょっとすると、ケーキにこだわったらあかんのかもしれんで」

漆崎の目が、徐々に鋭い光を帯びてきた。

「どっちにしても長びきそうな感じですねえ」

新藤は写真をポケットにしまいながらいった。その時、手の先に何か当たった。取り出してみると細長い箱だ。

「何やそれ？」と漆崎が訊いた。

「あ、いやこれはその……」

新藤はあわててそれをポケットにしまいこんだ。「何でもありません」

「包装紙にメリー・クリスマスて書いてあったな。ははあ、プレゼントやな」

「すんません」

「あやまらんでもええやろ。竹内先生にか？」

はあ、といって新藤は頭を掻いた。

「昨日渡すつもりやったんですけど、ゴタゴタしてるうちに渡しそこねたんです」

「相変わらず、素晴らしく鈍《どん》くさいやっちゃな」

漆崎は腕時計にちらりと目を落とした。

「ええわ。報告は俺がやっとくから、行ってこいや」

「えっ？」

「えっ、やないやろ。早よ渡さんとクリスマスが終わってまうで。それとも正月にでも渡すつもりか？　お年玉やいうて」

「そしたら、これから渡しに行ってええんですか？」

「かめへん。そのかわりしっかりがんばるんやで」

この時電車が入ってきた。二人が同時に腰を浮かしたが、電車の入り口に向かったのは漆崎だけだった。

先輩刑事を見送ったあと、新藤は近くの売店からしのぶの家に電話をかけた。彼女の家には何度か電話している。デートの誘いがほとんどだが、突発的な事件に邪魔されて、そのデートが実現したためしはない。

電話に出たのは、しのぶの母親の妙子《たえこ》だった。新藤は直接には会ったことはないが、電話では何度か話している。愛想のいい、おしゃべり好きのお母さんだ。

「今日は本間さんと食事するていうてましたけど」

恋仇《こいがたき》の新藤にも屈託《くったく》のない調子で妙子がいう。しのぶはどうやら母親似らしい。

「えっ、本間のボケと……あっいや、それ本当ですか？」

「こんなこと嘘つきますかいな。梅田に出て、どっかのホテルで食事するんやそうです」

「はあ……」

足元がなくなったような感覚が新藤を襲った。その新藤に妙子の声が続く。

「けど新藤さん、いったいどないなってますのん？　あの子は新藤さんと付き合うてるもんやとばっかり思てたら、急にお見合いするていいだすし、そのお見合いはお流れになったはずやのに、相手の男の人とも会うてるみたいやし……二股《ふたまた》こう薬みたいなことしてるんやろか？」

二股こう薬――状況に応じて、あっちについたりこっちについたりすること。

「いや、しのぶさんは僕らを天秤《てんびん》にかけてるわけやないと思います」

新藤はいった。「僕らが一方的に誘いをかけてるだけで、しのぶさんは人がええから断りきれんのやろうと思います。まだ将来のこととか深刻には考えてはれへんみたいやし」

「けど二十五ですよ。ええ加減にはっきりしてくれんと、こっちが落ち着けへんわ」

「あの、お母さん」

新藤は舌で唇を舐めた。「お母さんとしては、その……どう考えてはるんですか？　つまりその、僕と本間さんとですね、どっちがしのぶさんにふさわしいか、とか……」

するとケラケラと笑う声が耳に伝わってきた。

「そんなもん、どっちでもよろしいわ。しのぶが決めることですから。まあせやけど、あたしの趣味からいわしてもろたら、とにかく根性のある人やないと困りますな」

「根性……ですか」

「そう、根性。せやからしのぶに対しても、積極性のある人がええと思います。色恋は押しがすべて、押しやで、新藤さん」

押し……か——受話器を握りしめる新藤の掌に、じわりと汗が滲《にじ》んできた。

8

「——というわけで、うちの親会社は最近では不動産への投資に熱くなっていて、本業の方の設備投資は極力抑えるという状態なんですよね。こんなことを続けてたら、きっと泣きを見るに違いないんですが、子会社の一社員が騒いだところでどうにもなりませんしね。まったく歯痒《はがゆ》いですよ」

そういってから本間はワインをひとくち含んだ。

「たいへんなんですねえ」

ナイフを動かしながら、しのぶは受け答えをした。

経済や国際情勢の話になると本間は雄弁になる。一方しのぶはその手の話は苦手だ。新聞でいうなら、本間は第一面から始まる前半分に詳《くわ》しい。しのぶはスポーツ欄からテレビ番組欄までの後ろ半分に強い。

――この人と結婚したら、お互いに欠けてる部分を補《おぎな》えるという長所はあるなあ。けど共通の話題がないからなあ……。

しのぶはプロ野球の話題を出してみようかと思った。男ならたいていの人が興味を持っているからだ。だがもし本間が巨人ファンだった時のことを考えて思いとどまることにした。しのぶは大の阪神ファン、つまり大の巨人嫌いなのだ。

そんなことを考えながらムニエルを口に運んでいると、突然本間が、「あっ」といってしのぶの後ろを見た。それで彼女も振り返ると、そこには新藤が立っていた。

「なかなか楽しそうですな」

新藤は近づいてきて、しのぶの横に腰を下ろした。

「失礼じゃないですか。食事中だっていうのに」

本間が低い声でいった。

「すぐに消えます。先生に渡したいものがあって来たんですわ」

「どうやってここが分かったんですか？」としのぶは訊いた。

「お宅に電話したら梅田のホテルに食事しに行ってるて聞きましてん。それでこのへんのホテルのレストランに片っ端から電話して、本間という名前で予約してへんかどうか確かめたんですわ。――嗅《か》ぎまわるのは得意中の得意ですよって」

あとの方の言葉は本間に向けられたものだった。

新藤は内ポケットに手を入れて、長細い箱を取り出した。その時、白い封筒が一緒に出て床に落ちた。彼は箱の方を彼女に渡した。

「先生、クリスマス・プレゼントです。しょうむない物ですけど」

「へえ、ありがとうございます。開けてええですか？」

「いや、帰ってから開けてください。照れくさいから」

「そしたらそうします。――ところでそっちの封筒は何ですの？」

「これですか？　これは例の事件の被害者の写真です、見はりますか？」

「ちょっとだけ」

しのぶは封筒から写真を出して眺めた。写真は三枚で、うち一枚は倍の大きさがある。いずれもどこかの牧場を背景に、四人を写したものだ。

彼女は新藤から、ここに写っている四人の関係を聞いた。

「ふうん。ところでこの一枚だけ、なんで大きさが違うんですか？」

「ああ、それは額縁に入れてあったんです。被害者の一番気に入った写真やったんと違いますか」

「へえ……」

しのぶはちょっと引っ掛かるものを感じながら、写真を返した。

「用事は終わったみたいですね」と本間がいった。

「終わりました。お望み通り帰ります。けど本間さん、紳士協定は守ってもらえるんでしょうな」

紳士協定？　と問い直してから、本間は大きく頷いた。

「もちろん」

「それ聞いて安心しましたわ。そしたら今日はこれで」

新藤が立ち去るのを見送ってから、しのぶはため息をついた。

「あほらし。まるで子供の喧嘩やわ」

「あなたが決意すれば話が早いんですけどね」

「生憎《あいにく》、あたしは端《はた》からやいのやいのいわれて決める性分《しょうぶん》と違いますねん」

そういってしのぶは窓の外に視線を向けた。いつの間にか夜が広がっている。ビルの灯《あか》りやネオン・サインが、日の暮れた空をバックに映《は》えている。

——ＵＦＯか……。

ふいに昼間の話が脳裏《のうり》に蘇ったが、それは決して唐突《とうとつ》ではなかった。それどころか、さっき新藤から写真を見せられた時から、ずっと胸の奥でもやもやしていたものと、ぴったりと咬《か》み合ったのだ。

——もしかしたら。

御馳走には目のないしのぶが、ナイフを止めて自分の考えにふけっていた。

9

近鉄今里駅を少し南に入ったところに、通称新地公園と呼ばれるところがある。その公園に大路小学校六年五組の生徒十数名が集まったのは、十二月二十六日のことだった。

「問題の日は十二月二十四日、おとといや。それ以外の日のことは関係ない。時刻は夕方の五時以降。ええか？」

子供たちの真ん中に立っているのはしのぶだ。彼女のそばにいた鉄平が手を上げた。

「飛ぶものやったら何でもええの？　飛行機なんかは、あかんねんやろ？」

「飛行機はあかん」

と、しのぶはいった。「たぶんそういう大きな物とは違う。せいぜいこのくらいの大きさやと思う」

彼女は両手を横にいっぱいに広げた。

「色は？」と原田が訊いた。

「はっきりわかれへんけど、たぶん黒や。けど、これは気にせんでもええ」

ほかに質問は、としのぶは子供たちを見まわした。誰も手を上げなかった。

「よっしゃ、そしたら行動開始や。あたしは駅前の文福堂におるからな。何かわかったら、知らせに来てや」

オーッという声を残して、子供たちは散っていった。

「今日はやたらガキが多いな」

藤川明子の部屋の窓から外を見下ろして、漆崎がつぶやいた。窓の下は細い路地だが、表通りを見通すことができる。さっきからどうも子供の通過する回数が多いような気がするのだ。

「冬休みに入ったからですやろ」

明子のアルバムを見ながら新藤がいった。今日は明子の親族から許可を得て、彼女の所持品を調べている。漆崎には何か狙いがあるらしいが、新藤は聞かされていない。

「それより漆さん、手がかりらしいもの何もおませんで。もっとほか当たった方がええのと違いますか？」

「ほかて何や？」

「せやから、明子の職場当たったり、周辺の聞き込みをするとか」

「そんなこと、俺ら以外の者がきちんとやっとるわい。そこから何も出てけえへんから、困っとるんやないか」

「そんなこというたら、この部屋かて調べた後ですやろ？　もう何も出ませんで」

「まあ、そうごちゃごちゃいうな。刑事の仕事いうのは、大抵はくたびれ儲《もう》けで終わるものなんやから。ところで、そこの段ボールは何や？」

新藤の横にある段ボール箱を指して、漆崎が訊いた。

「あこれですか。押し入れにあったんです。何かと思たら、中は毛糸でした」

「毛糸？　編み物か」

段ボール箱を開けると、毛糸を丸めたようなものが出てきた。取り出してみると、それは臙脂《えんじ》色の毛糸を途中まで編んだものだった。どうやらセーターの編みかけらしい。箱の中には、同じ色の新品の毛糸が五個入っていた。

「完成せんうちに殺されたということですな。かわいそうな話や」

新藤がしみじみといったが、漆崎はほかのことを考えているらしい。しばらくその編みかけのセーターを眺めていたが、やがて、

「やっぱり思たとおりやな」

と呟いた。

「どうかしたんですか？」

「おう、これ見てみい。ちょっと大き過ぎると思えへんか？」

漆崎はセーターを自分の身体に当てて、新藤の方を向いた。

「明子本人が着るわけやないでしょ。酒井にプレゼントするつもりやったんですがな」

「いや、違うな」

漆崎は言下に否定した。「酒井にしても大き過ぎる。これは松本に合わせて作ったものや」

「松本？　けど、あいつは千賀子の男ですよ」

「そこや。俺は昨日からの聞き込みで、どうも引っ掛かってたんや。明子と千賀子と松本――男ひとりに女二人という組みあわせで、ずっと仲が良かったという点やな。俺は明子も松本に気があったんやないかと思う。いやもしかしたら関係があったかもしれんな」

「すると酒井はどうなるんです？　あいつはただの看板ですか？」

「わからん。そうかもしれん。酒井はともかく、もし明子も松本に気があったとすると……」

「当然千賀子とは恋仇《こいがたき》ということになりますな」

漆崎は腰を上げた。編みかけのセーターは段ボールに戻す。

「おい、署に戻るで」

漆崎と新藤が今里駅に向かう途中、文福堂という菓子屋に子供たちが大勢集まっているのに出くわした。何事かと思って新藤が見ると、覚えのある顔と目が合った。

「あっ、ヒラ刑事のおっちゃんや」

それは田中鉄平だった。鉄平は新藤の背後にいた漆崎にも気づいた。

「万年ヒラのおっちゃんも一緒や」

「やかましいガキやな。何やってるねん？」

漆崎が店の奥を覗きこむと、そこからしのぶが現れた。彼女も刑事たちを見て驚いたようすだ。

「漆崎さん、ええとこで会いましたわ」

「何事です、いったい？」

漆崎は子供たちを見回した。全員ににやにやしていて気持ちが悪い。

「一昨日の事件のことで、ちょっとお手伝いさせてもらいましてん」

「手伝い？　何をやったんですか？」

「まあ、ここでは何やから、公園に行きましょ」

しのぶが歩きだすと、十数人の子供たちもゾロゾロとあとをついていく。漆崎は新藤と顔を見あわせ、ちょっと肩をすくめてから歩きだした。

ベンチのひとつにしのぶが腰かけ、その横に漆崎と新藤が並んで座った。子供たちは彼等を取り囲むように扇形に立った。

「何や、けったいな感じですなあ」

ずらっと並んだ子供たちの顔を見て、漆崎は苦笑した。

「けど今度のことでは、この子らが活躍してくれたんです。まあそのことは後で話すとして――新藤さん、昨日見せてくれはった写真、持ってます?」

「写真? ああ、ありますよ」

例の牧場での写真を、新藤はしのぶに渡した。

「この写真を見て、変やなあと思たことがあるんです。ひとつは、なぜ藤川さんは酒井さんと離れて立ってはるのかなということでした」

「なるほど」

漆崎は写真を見て頷いた。左から、明子、千賀子、松本、酒井の順に並んでいる。

「それからもう一つは、額縁に入れてあったという写真では、酒井さんが目をつぶって写ってることです。ふつうやったら、自分の恋人が変な顔で写ってる写真を飾ったりせえへんと思います。ほかの写真では、酒井さんはまともに写ってるんですから。逆に、ほかの写真では松本さんの写りが悪いんですけど、額に入ってた写真では、松本さんはすごくきれいに写ってるんです。それであたし、もしかしたら藤川さんが本当に好きやったのは、松本さんかもしれないと思たんです」

「うーん」

漆崎は改めて写真に目を向け、それから唸った。「見事な推理やな。それで？」

「藤川さんは、ずっと松本さんのことを好きやったと思います。ところが友達の高野さんと松本さんが付き合いだしたから、自分の気持ちはずっと殺してたんやないでしょうか。そのうちに松本さんから友達を紹介されて……藤川さんが、その酒井さんという人と付き合いだしたのは、諦め半分、ヤケクソ半分やったと思います」

「酒井の結婚の申し込みを承諾したのも、そういう気持ちからですか？」

新藤が訊くと、しのぶは小さく頷いた。

「なるようになれ、という心境やったんと違いますか」

「なるようになれ……か。そのままズルズルと月日が流れて、クリスマスまで来てしもた。仲間うちでパーティをやろうということになる……」

つぶやくようにしゃべっていた漆崎の口が、はっと大きく開けられた。

「あれは……自殺ですか」

「そうやと思います」

しのぶは静かに答えた。「急に何もかも嫌になったんと違いますか。それで自殺したんやと思います」

「けど凶器の問題が……」

新藤がいうと、漆崎が、「そうか」と合点《がてん》したように膝を叩いた。

「ケーキにナイフを仕込んだのも明子やったんや。あの日は本当やったら、松本が菓子屋にケーキを取りにいってから千賀子と、明子の部屋に行くはずやったやろ。もし予定通りいってたら、二人が明子の死体を発見することになってた。二人は当然警察に連絡する。捜査員が来て現場検証する。凶器がないことに気づく。その時、『ケーキ』というダイイング・メッセージに捜査員が気づいたら……」

「当然捜査員は松本が持ってるケーキを調べますな……あっ」

「そこや。ケーキの中からナイフが出てきたら、松本と千賀子は嫌疑《けんぎ》を免《まぬが》れへん。明子は二人を陥《おとしい》れるためにそんな細工をしたんや。……しかし、おかしいな。明子はどうやって凶器をケーキの中に仕込んだんやろ？」

漆崎はしのぶの顔を見た。彼女はもったいぶるように、わざとらしい咳ばらいをひとつした。

「ケーキに仕込んだのは、本物と違うんです。たぶんナイフは二つあって、ひとつ目で身体のどこかを切って血をつけて、それをケーキに仕込んだんやと思います」

「ナイフは二つか」

と漆崎はくやしそうな顔をした。「そういうたら、明子は左手の指先にバンドエイドを貼っとったな。あれがそのための傷やったんか」

「で、二つ目のナイフで、実際に自分の手首を切ったんと思います。右の手首を切ったのも、睡眠薬を飲んだのも、他殺に見せるための工夫と違います？」

「間違いおませんわ」

漆崎は何度も首を縦に振った。「けど、その二番目のナイフはどこに消えましてん？　どこ探しても見つかれへんのですよ」

「ポイントはそこです。凶器を隠すていうたら、どこかに入れるとか、埋めるとかしか思いつけへんでしょ？　けどひとつ大きな隠し場所がありますねん」

「大きな隠し場所？」

漆崎が訊くと、しのぶはにっこり笑って指を上に向けた。

「空です」

「そらぁ？」

「はい。――ちょっとあんたら、順番に調べた結果を報告し」

しのぶが命じたのは、今までずっと黙って大人のやりとりを聞いていた子供たちだった。彼等はようやく出番が来たとばかりに、元気よく声を出した。

「おとといの夜、駅前のカメラ屋のおっちゃんはUFOを見たていうてる」

「うちの妹も、黒いかたまりがフワフワ浮かんでるのを見た」

「近所のおばあちゃんは、西の空に幽霊が上っていくのを見たていうて、今だに腰ぬかしてる」

「そば屋の兄ちゃんは配達の途中、黒い提灯《ちょうちん》が空に浮かんでるのを見てる」

「友達の兄ちゃんは空に何か浮いてるような気はしたけど、気のせいということにして今まで黙ってたそうや」

子供たちが一通りしゃべり終えると、しのぶは漆崎と新藤の方に向き直った。

「今の目撃談で、見たという方向を整理すると、どうやら事件のあったアパート付近から何かが上がっていったらしいんです」

「その何か、とは？」

漆崎は唾《つば》を飲んだ。

「はい、たぶん風船やと思います。風船をいくつか束ねて、黒い紙か何かをかぶせてあるのと思います。その風船を窓の外に出して、それとナイフを糸でつないでおいたら、手首を切って自殺したあと、手から離れたナイフは風船に引っ張られて空に消えるのと違いますか」

「うーん」

漆崎はまた唸った。「それはまた大胆な推理やけど、立証するのが難しいなあ」

「そういうたらイブの日、おもちゃ屋の前でサンタクロースの格好したおっさんが風船を配ってましたわ。あのおっさんが何か知ってるかもしれん」

新藤がいうと、しのぶも手を叩いた。

「そうやわ。きっとあそこで風船を手に入れたんやわ」

「よっしゃ、おもちゃ屋やな」

漆崎が新藤の背中を叩きながら立ち上がった。そして駅前通りに向かいかけたが、途中で立ち止まって振り向いた。

「先生、今度は完全にやられたみたいですな」

「いつも漆崎さんにはええ格好されてるもん」

しのぶは明るく笑った。

10

「うわあ、すごい人やわ」

南海電車を降りたところから続いている列を見て、しのぶは声を上げた。住吉《すみよし》神社は大晦日《おおみそか》の夜から、超満員になる。

「ちょっと先生、あんまり離れんといてください」

「全く、なんて混み方だ。この人たちはほかに行くところがないのか」

「あっ、見て。テレビ局が来てるわ」

「テレビなんかどうでもよろし。早よ、賽銭《さいせん》箱の前まで行きましょ」

「痛い、足を踏まれた。大阪人はあやまりもしないぞ」

「ぼやっと歩いてるからや。痛っ、こっちも踏まれた」

通勤ラッシュも顔負けの人ゴミをかきわけて賽銭箱の前まで辿《たど》りついた時、新藤も本間もクタクタになっていた。ひとり元気なのはしのぶだ。持参してきた五円玉をいくつも投げて喜んでいる。

「あの人のパワーにはついていけんわ」

新藤がため息をついた。

「それなら無理してくることもなかったんじゃないですか？　僕ひとりに任《まか》せて」

「そういうわけにはいかん。がんばって仕事を片付けてきたんやから」

「風船を拾いに行くのが仕事ですか」

「立派な仕事でっせ」

新藤はコートのポケットの中に入れた手袋を握った。クリスマス・プレゼントのお返しとして、しのぶから貰《もら》ったものだ。彼女からの初めての贈り物である。もっとも、本間とお揃いというのが少し気にくわなかったが。

藤川明子の事件は今日決着がついた。生駒山《いこまやま》の麓《ふもと》で、例の風船が見つかったのだ。しのぶが予想したとおり、黒いゴミ袋をかぶせてあった。風船には封筒が結びつけてあり、その中にはナイフと遺書が入っていた。その遺書から、自殺に至った経過がしのぶの推理どおりであることが証明された。ただ偽装殺人を行ったことについては、風船が見つかるまでのほんの一瞬だけ、千賀子と松本を苦しめてやりたかっただけだと記してあった。

「なあ、本間さん」

「なんです」

「俺、もうちょっと様子見ることにしますわ。あんまり強引に行くのは考えもんや。女心が難しいということ、ようわかった」

「そうですねえ……同感」

新藤と本間はしのぶの後ろ姿を眺めた。しのぶは二人の会話など耳に入らないようすで、手を合わせてしきりに何事かつぶやいている。

やがて除夜の鐘が鳴りだした。

しのぶセンセを仰げば尊し

1

大路《おおじ》小学校の児童たちは集団で登校することが義務づけられている。家が近い子供たちが一つのグループを作って、毎朝一緒に学校に行くのだ。グループのリーダーは、最年長の子供が引き受ける。この規則によって、低学年の子供を持つ親も、交通事故などの心配はあまりしなくて済《す》んでいるのだ。

大路三丁目の緑山ハイツに住む子供たちは、一〇一号室の田中鉄平をリーダーとして集団登校していた。彼のほかには、五年生の朝倉奈々《なな》をはじめとして、四年生が二人に二年生一年生が各一人ずついる。毎朝鉄平の家の前に集まることになっているのだ。

だが彼をリーダーとして登校する日も残り少なくなっていた。六年生の鉄平は、あと一週間後に卒業式を控《ひか》えていたからだ。

　この日鉄平がいつもの時刻に表に出ると、朝倉奈々がぽつんと一人で待っていた。奈々は三階の三〇一号室に母親と二人で住んでいる。学年は鉄平よりも一つ下だが、女の子は成長が早いので身長は同じぐらいある。ショートカットできりりとした顔つきをしているので少年のような印象を与えるが、立ち居振舞は意外と柔《やわ》らかい。

「今日はえらい早いやんけ」

　運動靴の中に踵《かかと》をねじこみながら鉄平はいった。いつもの奈々は、それほど早い方ではないからだ。

　奈々は大きな目を二、三度ぱちぱちとさせると、顔をちょっと下に向け、後ろに持っていた小さな紙袋を差しだした。

「何やこれ！」と鉄平は紙袋を受け取った。

「それ、あげる」

　奈々は細い声を出しながら、身体を左右に揺すった。チェック柄《がら》の短いスカートもゆらゆらと揺れた。

「え？　俺にか？」

　鉄平は紙袋の中を見た。黄色と黒の毛糸のかたまりが入っている。取り出してみると、それはマフラーだった。

「これ、おまえが編んだんか？」

奈々は頷《うなず》いた。顔は下を向いたままだ。「冬の間に作るつもりやってんけど、何べんも失敗したから遅《おそ》なってん」

「ふうん……黄色と黒の縞《しま》模様やな」

「鉄ちゃん、阪神好きやろ。それで……」

「そうか……けど、もう三月やからちょっと暑いな」

「うん、ごめん。ええねん、気に入らんのやったら返してくれてええねん」

奈々はうつむいたまま右手を出した。鉄平はあわててマフラーを紙袋にしまいこんだ。

「かめへんわ、貰《も》ろとく。来年使うから。せやけど、何で俺にこんな物くれるんや？」

「何で、いうことないねんけど」

奈々は左足のつまさきで、地面をコンコンと蹴《け》った。「鉄ちゃん卒業やから……そのお祝い」

「ふうん」と鉄平は鼻をこすった。「そうか……ありがとう」

「…………」

そこへ四年生のタカシがやって来た。タカシは鉄平の前に来るなりいった。

「鉄ちゃんどないしたん？　顔、真っ赤っ赤やで」

「田中、どないしたんや？　顔色悪いで」

国語の授業の途中、しのぶは鉄平のそばまで来て訊《き》いた。そして額《ひたい》に手を当てる。

「熱はないようやけどな」

「別に何ともないで」と鉄平は答えた。

「それやったらええけどな。卒業式まであと一週間やねんから、ひとつがんばって誰も休まんようにしよ。うちのクラスは健康だけが取り柄《え》やといわれてるぐらいやねんからな」

ははは、と皆が笑う中、鉄平が何かを机の中に押しこむのをしのぶは見逃さなかった。

「何やってんの？」と鉄平の手をつかむ。

「何もやってへんで」

「嘘いうたらあかん。何やこの紙袋は？　勉強道具以外は持ってきたらあかんはずやな。中、見るで」

しのぶが紙袋を取りあげると、鉄平はあわてて彼女のスカートを摑《つか》んだ。

「あかん、見たらあかん」

「といわれたら、余計見たなるのが人情や」

しのぶは紙袋から中身を取り出した。

「阪神の旗や」と誰かがいった。

「違う。これはマフラーやな。女の子から貰ろたんか？」

「…………」――鉄平は黙っている。

ヒューヒューと誰かが口を鳴らした。ヤジを飛ばす者もいる。

「やかましいっ」としのぶは教科書で机を叩いた。「女の子にもてるのも男の値打ちやで。人のことを妬《ねた》むのは、男のカスがすることや」

ツルの一声で静まりかえった教室を見回すと、しのぶはマフラーを紙袋に戻してから鉄平に渡した。

「ごめん、見せ物にする気はなかったんやで。悪う思わんといてな」

「今朝、下級生から貰ろたんや」

「そうか。大事に使《つ》こたりや。中学に行ってからも、たまには会いに来たらなあかんで」

「うん」と鉄平は少し照れて頷いた。

「しょうがないから僕はセンセに会いに来るわ」

横からヤジを飛ばしたのは鉄平の親友の原田だった。このヤジに皆が笑った。鉄平も一緒になって笑っている。

しのぶも思わず目を細めていた。心の内に、少し複雑な気持ちを秘めながら——。

2

死体が見つかったのは八尾《やお》市亀井《かめい》町である。大阪中央環状線と国道二十五号線の交差点から少し脇道にそれたところにある草叢《くさむら》の中で、派手な装飾を施《ほどこ》したラブホテルの裏側にあたる。

「頭、やられてます」

捜査一課の新藤は、立ちションベンを終えて現場に戻ってきた漆崎《うるしざき》にいった。「何か平べったい凶器で殴られたか、壁か何かにぶち当てられたかはわかりませんけど、とにかく後頭部です。ほかには外傷はありません」

「その言い方からすると、凶器は見つかってへんねんな」

「探してる最中です」

「暴行の形跡もない、いう話やったな」

「はあ、幸い……」

いってから新藤は、死んでしまった者には幸いもクソもないかなと首を捻《ひね》った。

死体を発見したのは、この近くに住む散歩好きのじいさんだった。いつものように犬を連れて早朝の散歩を楽しんでいたところ、犬が妙な方向に進むのでついていくと若い女が倒れていたというわけだ。

女の年齢は十五から二十五。ジーパンを穿《は》き、黒いセーターを着ている。身長は百六十センチぐらいで中肉、顔は丸く化粧がやや濃い。髪はパーマをかけていて、肩にかからない程度の長さ。

「いつもながら女の年齢いうのは外見だけではわからんな」

漆崎はぼやきながらメモを取った。「十五歳と二十五歳では、えらい違いやで」

「けど、ほんまに今日びの女はわかりませんで。売春であげたら殆《ほとん》どが中学生と高校生で呆《あき》れたて、同期の仲間がいうてました」

「俺らにわかるのは、小学生と婆さんの違いぐらいやということか」

漆崎は下唇を突き出した。「で、所持品は何もなしか？」

「きれいに何も持ってません」

と新藤はいった。「死体から離れたところに焦《こ》げ茶色の上着が落ちてますけど、ポケットには何も入ってません。ハンドバッグの類《たぐい》も見つかりません。ジーパンのポケットも空っぽです。ハンカチの一枚もありません」

「ないないづくしか……」

「物盗りに見せかけた犯行いうことですやろな」

「うん、流しやないな」

漆崎はズボンのポケットから薄汚れたハンカチを出して洟《はな》をかんだ。「流しやったら凶器を処分する必要もない。それに上着やジーパンのポケットに何も入ってへんというのもおかしいな。物盗りやったらハンドバッグだけ持って逃げよるやろからな」

「それに、被害者がこんな場所をうろうろしとったというのも解《げ》せません。どっかよそで殺して、ここまで捨てに来た可能性が強いのと違いますか」

この新藤の説は、間もなく裏付けられることになる。死体から数メートルほど離れたところに車が入りこんだ形跡があったのだ。そのあたりの草が押しつぶされている。

「今、タイヤ跡を採ってもろてますけど、あんまり期待できません」

鑑識の話を聞いてきた新藤が、漆崎のところに戻ってきていった。「脇の舗装道路から入りこんだ跡が六メートルぐらい続いてますけど、丁寧《ていねい》にタイヤ跡を棒きれか何かで消してます。明らかに犯人の仕事ですな」

「殺されたのは何時頃やていう話や？」

「ええと」と新藤は手帳をめくった。「ゆうべの、十時から十二時頃やないかという話です」

「ということは、死体を運んできたのは真夜中やというわけか」

漆崎は顎《あご》を掻《か》きながらまわりを見た。環状線沿いには民家は殆どない。ラブホテルのほかにはガソリンスタンドがある程度だ。国道二十五号線の方には民家が多いが、ここからは少し離れている。

「聞き込みしても、あんまりええネタは仕入れられそうにないな」

「やっぱり被害者の身元がわかってからですやろな。たぶん家族から届けが出てるのと違いますか」

早く家族が名乗り出てくれればいいと新藤は思った。被害者は後頭部に傷を受けているだけで、ちょっと見たところはさほどひどい状態ではない。こういう奇麗な死体なら、遺体確認させるのも抵抗はない。

「けど、もしかしたら家族の届けはちょっと遅れるかもしれんな」

漆崎が独り言みたいに呟《つぶや》いた。「なんでです？」と新藤が訊く。

「被害者は一人暮らしやという気がするんや。いや、別に根拠はあれへん。そんな気、するだけや」

「ふうん……」

そういわれれば自分も何となくそんな気がします、と新藤もいった。

3

しのぶから顔色が悪いといわれた夜、鉄平は熱を出した。単なる風邪だったが、翌朝も少し頭が重かったので学校は休むことになった。だが母の美佐子が学校に電話をかけている間も、鉄平は学校に行くといいはった。残りの日を全員無欠席で通そうといった、しのぶの言葉が気になったからだ。

「何いうてるの。そんなこというて無理して、残り全部休まなあかんようになったらどうするの」

美佐子にいわれて結局あきらめたが、鉄平は布団の中で悔《くや》しい思いをかみしめていた。

その日の昼前——。

鉄平がうとうとしていた時、突然ずしんと何かが落ちる音がして、彼は布団から飛び起きた。美佐子は買い物に行っており、部屋の中には彼一人だった。

「何や、今のは？」

音とともに振動があったことも覚えている。音の方向からすると、庭に何かが落ちたようだった。この緑山ハイツでは、一階の部屋にだけ専用庭がついているのだ。

鉄平はパジャマの上に綿入れを羽織《はお》ると、白く曇ったアルミサッシの戸を開いた。

信じられない光景がそこにはあった。

田中家の庭で誰かが寝ているのだ。しかもわざわざ布団を敷いて、じつに気持ちよさそうに——。

どないなってんねん、と鉄平はしばらくぼんやりと立っていた。だがそのうちに、寝ているのが三階の朝倉奈々の母親だと気づいた。

鉄平はあわてて電話台に向かって駆けだした。

「今日はええ天気ですからな」

よくこのあたりをパトロールしている巡査が、庭に立つと空を見上げた。たしかに今日は雲ひとつない晴天だ。

「布団を干すにはもってこいですわな」

「ほんまにねえ。けど、気イつけなあきませんね」

美佐子も巡査に調子を合わせている。重大な事態にならなかっただけに、他の警察官たちの顔にも安堵《あんど》の色が浮かんでいた。

鉄平が連絡してから七分後に救急車が来て、さらにその五分後にパトカーが来た。その間に美佐子も帰ってきて野次馬と一緒に覗《のぞ》いていたらしいが、職員や捜査員が次々と自分の家に入っていくのでびっくりしたということだ。

朝倉奈々の母町子《まちこ》は、自分のところの敷布団を敷いて、その上で気を失っていた。救急車の職員が担架《たんか》で運ぶ時、痛そうに顔をしかめて何か呻《うめ》いた。それで鉄平は、彼女が死んだのではないことを知った。

警察官たちは鉄平の話を聞いたあと、近所を当たったり、三階の朝倉家の部屋を調べたりしていた。彼等の話から、鉄平はだいたいの事情を知ることができた。それによると、朝倉町子は午前中に布団を干し、それを叩いている時に過《あやま》って転落したらしい。布団を叩くには案外身を外に乗りだすものだから、という話も警察官たちはしていた。

あと考えねばならないのは誰かに落とされた可能性だが、それについては警察官はあまり熱心ではないように鉄平には見えた。鉄平は、たぶん町子が生きているからだろうと解釈した。彼女から話を聞けば済むことなのだ。

その町子の容体が伝わってきたのは、警察官たちが引き上げる頃だった。人のいい顔をした巡査が教えてくれた。

「右足の骨が折れてたらしいけど、病院に連れていったのが早かったから、ひどいことにはならんかったらしいわ。あんたの手柄やな」

「おばちゃん、気イ失《うしの》うてたみたいやけど」

「軽い脳震盪《のうしんとう》や。病院に着く頃には気イついたらしいで。足痛いいうて、泣いてはったらしいけど」

「病院どこ？」

「今里《いまざと》の杉崎病院や。今、手当てしてる最中やていうてたな」

ふうん、と鉄平は鼻を鳴らした。

この日の夕方、鉄平は家を抜けだして杉崎病院に行った。受付で訊き、朝倉町子が入院してる部屋の戸を軽く叩いた。

戸を開けてくれたのは、三十歳くらいの奇麗な女性だった。女性は鉄平を見て少し驚いたようすだった。

「あっ、鉄ちゃん」

女性が何かいう前に奥から声が聞こえた。奈々がベッドの横に座ってこちらを見ている。ベッドの上では町子が眠っていた。

「友達？」と女性が訊いた。

「近所の兄ちゃん」と奈々は答えた。「集団登校のリーダーで、一階に住んではるねん」

「田中鉄平です」

彼がぺこりと頭を下げると、その女性は頷いて目を細めた。

「ああ、あんたが救急車を呼んでくれはってんね。ありがとう、助かったわあ。おまけに見舞いにまで来てくれて、ええ兄ちゃんやね。お茶でもいれるから入ってちょうだい」

鉄平が中に入ると、女性はポットを持って部屋を出ていった。

「叔母ちゃんやねん」と奈々がいった。「昌子《まさこ》さんいうて、お母ちゃんの妹」

「ふうん」

鉄平は頭を掻《か》きながらベッドの上を見た。町子は静かに目を閉じている。奈々のところは母子家庭だから、母親が倒れたら困るだろうなと思った。

「おばちゃんの具合、どうや？」

「うん、骨折ったけど、大したことはなかってん。うちのお母ちゃん、運強いから」

「そうみたいやな」

「鉄ちゃんの風邪はどう？　明日は学校行けるのん？」

「もう治ったわ。昼間の騒ぎで、風邪なんか飛んでしもた。それよりおばちゃん、事故のこと何ていうてた？」

「うん……」

なぜか奈々はうつむいてしまった。そして何か迷っているみたいに唇を少し動かしたが、彼女がはっきりと口を開く前に昌子が戻ってきた。昌子は二人にお茶を入れ、大福餅を出してくれた。鉄平はそれらを御馳走《ごちそう》になりながら、町子が落ちた時のようすを二人に話したりした。

鉄平が帰る時、病院の出口のところまで奈々が送ってくれた。

「あのね、鉄ちゃん」

別れ際《ぎわ》、奈々がためらいがちに口を開いた。

「何や？」

鉄平はマフラーを首に巻き直しながら訊いた。これを使っているところを見せることも、ここへ来る目的のひとつだった。

「お母ちゃん……思いだされへんていうてるねん」

「思いだされへんて？」

「せやから、ベランダから落ちる時のこと。布団を取り入れよと思てベランダに出たことまでは覚えてるねんけど、その後のことはなんぼがんばっても思いだされへんねんて」

「急なことでびっくりしたんかなあ」

「そうかもしれへんけど」

奈々は両手を背中の後ろに回し、つまさきで地面を蹴った。ためらったり、考えたりした時の彼女の癖《くせ》らしい。

「お母ちゃんね、何も覚えてへんけど……何かすごく怖かったことだけは覚えてるねんて」

「怖かったて……落ちるのが怖かったのかな？」

すると奈々は首を二、三回横に振った。

「お母ちゃんは、そうやないような気がするていうてる」

「へえ……」

何をいっていいのかわからず、鉄平は黙りこんだ。やがて奈々は顔を上げた。

「ええねん、気にせんといて。そしたら、さよなら」

奈々はくるりと背を向けて走っていった。

4

家族の届けが遅れるのではないかという漆崎の予想はほぼ的中した。大阪中央環状線の脇で見つかった死体の身元がわかったのは、発見されてから二日目の午後だった。その日の昼前、娘が行方不明になったと中年の女性から生野《いくの》署に届けが出され、間もなく八尾《やお》の遺体が確認されることになった。その時に居合わせた者の話によると、中年女性は遺体を見るや否《いな》や大声を出して泣きだしたということだった。

嫌な役目だったが、漆崎と新藤が彼女から事情を訊くことになった。

中年女性は宮本和美《みやもとかずみ》と名乗った。太っていて、顔が大きい。髪は赤茶色で、ちりちりにパーマをかけている。夫とは五年前に死に別れ、今では鶴橋《つるはし》で雑貨屋をやっているということだ。

死体は和美の長女で清子《きよこ》、二十になったところだという。高校を出てから、守口市《もりぐち》にある電子部品メーカーに勤めていたらしい。実家は二人の妹がいて狭いからといって、働きだして半年ほどしてから東大阪のアパートに住み始めている。一人暮らしではないかという漆崎の勘が当たったわけだ。

和美が清子の行方不明に気づいたのは、彼女の会社から和美に電話がかかってきたからだ。無断欠勤が続いており、アパートに電話しても誰も出ないのだが一体どうなっているのか、という内容だった。

「けど、まさか殺されてるやなんて」

和美は刑事たちの前だということも気にせず、ハンカチを目にあてて、わあわあと泣いた。

「最後に娘さんに会いはったのはいつですか?」

漆崎がやんわりと尋《たず》ねた。和美はしゃっくりをしながら考えていたが、

「三月三日です。妹らに雛《ひな》祭りのケーキを買《こ》うてきてくれたんです。優しい子やったのに、一人暮らしなんかさせたばっかりに……」

といって、また泣きだした。

「その時に何か変わったようすはありませんでしたか？」

和美は首をふった。「ありません。いつもと同じようでした」

「娘さんは、誰か付き合うてる人がおったんと違いますか？」

漆崎がこの質問をすると、和美の泣き声がふっと止まった。そして首を捻《ひね》って見せる。

「おったかもしれません。けどあの子は昔から、男の子と付き合うてることなんかは絶対しゃべってくれへんかったんです」

「昔付き合ってた人の名前でもわかりませんか？」

ここでも和美は力なく首をふる。

「そしたら女友達でも結構です。親しいしてた人に心当たりおませんか？」

「会社の遠藤とかいう女の人の話をようしてました」

「遠藤さんですか。ほかにには？」

「ほかにはちょっと……」

和美は自分の頬に掌《てのひら》を当てて考えこんだ。思いあたる名前はないようだった。

「夜、娘さんの部屋に電話した時に、誰も出えへんかったとかいうことはないですか？　あるいは、訪ねていった時に留守やったとか」

「夜遅《おそ》うに電話して、つながれへんかったことはあります。あとで訊いたら、残業やったとかいうてましたけど」

漆崎はちらりと新藤の方を見た。新藤も目で頷く。見えすいた嘘だ。

このあといくつか質問したのち、礼をいって和美を帰した。彼女の後ろ姿を見送って、新藤はため息をついた。

「自分が何も知らんかったことが原因で、娘を死なせてしもたと思てはるみたいですな」

「実際、そのとおりかもしれんで」

爪を切りながら漆崎がいった。


翌日、漆崎と新藤は宮本清子が勤めていた電子部品会社を訪ねた。清子が所属していたのはパワー・トランジスタの製造ラインで、そこの班長の飯塚という男が会ってくれた。飯塚は背は低いが、血色がよく、いかにも働きものという感じの男だった。

彼の話では、清子は主に品質チェック工程を担当していたということだ。

「品質チェックは、若《わこ》うて生真面目な女の子が一番です」

飯塚は真顔でいった。「細かい気配りいう点では、男は女にかないません。その女でも、おばはんになると目は悪いわ、頭はボケてくるわ、がさつになってくるわで向いてません。というわけで、女の子が一番やということになるんですな」

「しかも宮本清子さんは生真面目《きまじめ》やったんですな？」

漆崎の言葉に飯塚は何度も頷いた。

「きっちりした女の子でしたな。あんまり人なつっこい方やないけど、素直で、ようということを聞いてくれました。あんな子そうそうおらんから、死なれてショックですわ」

「残業はどれぐらいですか？」

「多い時で一時間半いうとこですな。男の工員の中には、もっとやってるのもおりますけど」

「ということは、帰りが遅なるということはないわけですな」

「まずありません」と飯塚ははっきりといいきった。

「宮本さんが最後に出勤しはった日のことを覚えてはりますか？」

「覚えてます。四日前ですやろ。あの日も別に遅なることはありませんでした。七時前にはタイムカード押して帰ってます」

「一人でですか？」と新藤が訊いた。

飯塚は頷いた。「たぶんそうやと思います。いつも一人で帰ってましたから」

殺されたのがその日の十時以降だから、それまでの間、清子がどこにいたのかが問題になる。

「その日、宮本さんのことで何か気づいたことはありませんか？」と漆崎が訊いた。

飯塚は腕組みをして、うーんと唸《うな》った。

「おませんなあ」

「遠藤さんも、飯塚さんの班で働いてはるんですか？」

漆崎は、宮本和美から聞いた名前を出した。ところが飯塚は怪訝《けげん》そうに眉《まゆ》を寄せた。

「遠藤？　誰ですか、それは？」

二人の刑事は顔を見合わせた。意外な反応だった。

「宮本さんが職場で親しくしてた人と聞いてるんですけど」

新藤が説明したが、飯塚は首をふるだけだった。

「いやあ、遠藤ていう人は知りませんよ。うちの班だけやなく、ほかにもおりません。宮本さんと親しかった人ていうたら、そうやなあ……児玉《こだま》さんぐらいやな」

「ちょっと呼んでもらえますか」

漆崎が頼むと、飯塚班長は勢いよく席を立って行った。二人の刑事はまたお互いの顔を見ると、やれやれといった調子でため息をついた。

「ありふれた手やな。架空の友達を作っといて、男と旅行でもする時は、その名前を使うというわけや」

「親は、あんまり娘を信用したらあかんということですな」

「そういうことや。竹内先生の御両親にも確かめといた方がええで。聞いたことのない名前を家で出してるようやったら要注意や」

漆崎はジロリと後輩刑事を見た。いきなりしのぶの名前を出されて新藤はうろたえる。

「マジな顔して、しょうむないこといわんといてください。あの先生に限って、そういうことはおません。信用してます」

ケッと漆崎は吐き捨てた。

「相変わらず甘いやっちゃ。女いう生きモンはわからんでえ。最近はどうやねん、うまいことやっとんのか？」

「ぼちぼちです」

「ということは、あんまり会《お》うてへんねんな。あかんぞ。女はちょっとでも会う回数が減ったら、じきに他の男に走りよるからな」

「そんなことというたかて、恋人でも何でもないんやからしょうがおません。第一、こんな忙しかったら話になりませんで。デートもでけへん」

「そこを工夫して時間つくるのが、恋愛時代の楽しいところや」

何が恋愛時代や、自分は上司に紹介してもろた女と見合い結婚したくせに――といいたくなるのを新藤はこらえた。こんなところでヘソを曲げられたら困る。

だが新藤にとってデートの時間が取れないというのは事実だった。ひと月ほど前、相談したいことがあるから会ってほしいとしのぶからいわれた時も、結局急な仕事が入って会えなかったのだ。しかもそんなことが不幸にも二度も続いたため、とうとう彼女を怒らせることになってしまった。その次に会った時には、「相談したいことがあったけど、もう時間切れです。肝心《かんじん》な時に役に立たんのやから」といわれてしまったのだ。

あれは相当評価を落としたなあと、新藤はその時のことを思いだすたびに落ち込んでしまうのだった。

新藤がまた落ち込みそうになった頃、飯塚班長が若い女性を連れて戻ってきた。丸顔で小柄な、愛想の良さそうな娘である。残念ながら「児玉春代《はるよ》です」と名乗った声には元気がなかったが、それはおそらく友人の死にショックを受けているからだろうと新藤は解釈した。話によると春代は清子と同期入社で、今の職場でずっと一緒だったということだ。よくおしゃべりしたり、一緒に昼食をとることはあったらしい。ただし会社を離れると殆《ほとん》ど付き合いはなかったという。

「おとなしくて、ええ子やねんけど、付き合いは悪い方でした。もしかしたら恋人がおるんかなあと思てましたけど」

「その恋人に、心当たりはおませんか？」

漆崎が訊いたが、春代は大きな目をキョロキョロ動かしたあと、

「その手の話には、あの子は全然乗ってけえへんかったんです。それに、噂を聞いたこともないし」

「遠藤ていう名前に聞き覚えはありませんか？」

「エンドウ？　知りません」

春代はあっさりと答えた。

「最近、宮本さんとはどんな話をしてはったんですか？」

新藤は訊いた。

「別に……しょうむないことばっかしですけど」

彼女はそういってから丸い目を刑事たちに向けてきた。「そういうたら二週間ぐらい前に変なことというてました。もしかしたら会社を辞《や》めるかもしれへんて」

「辞める？　なんでですか？」と新藤は彼女の目を見返した。

「わかりません。理由を訊いても、はっきりと教えてくれませんでした。まだ決まったわけやない、というてましたけど」

「そんな話、聞いておられますか？」

漆崎が飯塚を見たが、彼も初耳らしく驚いた顔で、「全然聞いてません」と答えた。

漆崎は春代に視線を戻した。「ほかに、その話を聞いた人はいますか？」

「さあ、たぶんいてへんと思います。清ちゃんがあたしにその話をしたのも、その時だけやったし」

「けったいな話ですな」

漆崎がいうと、「ほんまに変な話です」と春代も首を傾げた。

5

大路小学校職員たちの最近の主な仕事は、間近に迫《せま》った卒業式の準備とその予行演習だった。主役の六年生はもちろん脇役の五年生も講堂に押しこめて、連日入場の仕方や声のかけ方、そして『蛍の光』や『仰げば尊し』の練習をさせるのだ。

しのぶも忙しく動きまわっていた。何しろ初めて自分の教え子を卒業させるわけで、それだけでもうやたらはりきってしまうのだ。

その彼女が職員室で探し物をしていると、教頭の中田が講堂から戻ってきて帰り支《じ》度《たく》を始めた。まだ卒業式の練習は終わっていないはずである。

「教頭先生、具合でも悪いんですか?」

しのぶが声をかけると、「いや、そうやないねん」と中田は禿頭《はげあたま》に手をやった。

「今日はこれから葬式や。昔、ワシが教えた子が死んでな」

それから中田は口元を掌で覆《おお》って、「大きな声でいわれへんねけど、殺されたんや。頭殴られて、道路脇に捨てられとったらしい。かわいそうなこっちゃ」

「ああ、例の八尾の事件……」

あまり新聞を読まないしのぶだが、この手の事件には強いのだ。「あの女の人、教頭先生の教え子やったんですか」

「今朝の新聞に、身元がわかったて書いてあったやろ。それでびっくりして電話したら、今日葬式やていわれたんや。おとなしい気の優しい子やったけど、どこのどいつがそんなムチャクチャなことやりよってんやろなあ」

中田はいかにも悔しそうに顔をしかめた。

「何年生の時に受け持ちはったんですか？」

「三年から六年の間や。卒業してからも何遍《なんべん》か会《お》うてるなあ。親父さんが亡くなった時も葬式に行ったたし、高校入った時に挨拶に来たしな。勉強の方は昔からもうひとつやったし家計も助けなあかんということで、高校を出てすぐに働きに出たけど、こんなことになってしまうとはなあ」

中田は何度も深いため息をつきながら廊下を歩いていった。


この日の帰り、しのぶは門を出たところで呼びとめられた。振り返ってみると、田中鉄平がニヤニヤしながら右手を振っている。

「何か企《たくら》んでる顔やな」

しのぶは腕を組んで鉄平の顔を睨《にら》みつけた。「卒業前に何か一発悪いことしたろと思てるのやろ」

「そんなこと思てへんで。全然信用あれへんねんなあ」

「あんたらを信用してたら身体もてへんわ」

「メチャメチャいうなあ」

鉄平はズボンのポケットに両手を突っ込んだ格好で歩み寄ると、しのぶの顔を上目《うわめ》遣《づか》いに見た。

「じつはなあ、センセに頼みたいことあるねんけど」

「あかん」

「まだ何もいうてへんで」

「聞きとうないからや。どっちみち、しょーむない頼みやろ。一日中ソフトボールさせてくれとか、給食にステーキ出してくれとか」

「あのなあ」と鉄平は唇をとがらせた。「僕、もうすぐ中学生やで。何が悲しいて、そんなしょーもないこと頼まなあかんねんな」

「けど、似たようなことやろ？」

「全然違うわ。あのな、じつはセンセに探偵やってほしいねん」

「探偵？」

しのぶの声の感じが少し変わる。「何や、それ？」

「うん、ちょっと話長なるから、歩きながら聞いて」

鉄平が自分の家に向かいながら始めた話というのは、例の朝倉町子――奈々の母親だ——の転落事故に関することだった。町子の足の方は順調だが、未《いま》だに落ちた時の記憶が戻ってこない。何か異常にこわかったことだけは覚えているのだが、それが何なのかは全く思いだせないというのだ。また娘の奈々にいわせると、町子は決してベランダから落ちたりするような「鈍《どん》くさい女」ではないそうである。以上のことから鉄平と奈々は、町子は誰かに突き落とされたのではないかと考えた。

「それで僕、あの時に来てた巡査のおっちゃんにこのことをいうたんや。けど、いっこも相手にしてくれへん」

「ふーん、なんでやろ？　あんたが子供やからかな」

「それもあると思うけど、おっちゃんのいうには、奈々ちゃんの家の玄関、鍵かかってたんて。で、鍵は家の中にあったから、誰も出入りでけへんかったていうんや」

「へえ、密室というわけやな」

「巡査のおっちゃんも、そんなことというとったわ」

しのぶは胸がドキドキするのを感じた。一度でいいから密室事件というものに出会いたかったのだ。新藤と付き合っているといろいろな事件の話を聞けるが、どれもこれも当たり前の事件ばかりだ。

「そこでセンセに頼みや。頭捻って、何とかこの謎解いてほしいねん。犯人までわかったら最高やけどな」

「なんであたしに頼むんや？」

鼻をぴくつかせながらしのぶが訊くと、鉄平は彼女が期待しているとおりの答えを返した。

「そら今までのこと考えてや。センセの推理は、あの新米刑事のおっちゃんよりも、ずうっと鋭いもんなあ」

「ムフフ、まあそういうけどな、あの人はあれでもがんばってる方やで」

しのぶが気を良くしたところで、鉄平たちが住む緑山ハイツに着いた。

鉄平はまず自分の鞄《かばん》を置いてくると、しのぶを連れて三階に上がった。三〇一号室に朝倉という表札が出ている。鉄平がチャイムを押すと、少し間があってドアが開いた。顔を出したのは、ボーイッシュだが可愛い女の子だった。

「しのぶセンセや。約束通り連れてきたったで」

鉄平が自慢気にいう。奈々はペコリと頭を下げた。「よろしくお願いします」

「いやいや、そう硬《かた》ならんでもよろし」

しのぶは玄関から室内を見渡した。入ったところにダイニング・キッチンがあり、奥に二間が並んでいる、ありふれた２ＤＫだ。何となくカレーの匂いがする。しのぶが家庭訪問をする時にいつも感じることだが、子供のいる家というのは大抵カレーの匂いがしみついている。

しのぶは奈々に勧《すす》められて家に上がりこむと、まずはベランダを見た。幅が八十センチぐらいの、金属製のベランダである。小さなシャツとスカートが物干し竿《ざお》で揺れているが、たぶん奈々自身が洗濯したものだろう。大したものだと感心する。

「布団を干しはったのは何時頃？」としのぶは訊いた。

「十時頃やったて、お母さんはいうてます」

「で、落ちはったのは？」

「十二時ちょっと前やな」

これは鉄平だ。奈々も頷いて、「お母さんもそのぐらいやったていうてます。そろそろ布団を取り入れよと思てベランダに出たそうです」といった。

「そのあとのことは覚えてはれへんのやね？」

「はい……」と奈々はうなだれた。

しのぶはベランダから下を見た。狭い庭があるが、そこに町子は落ちたということだ。

「田中」と彼女は鉄平を呼んだ。「朝倉さんのお母さんが布団を叩いてはる音、あんた聞いたか？」

「残念ながら、その時は寝とったんや。僕、あの日は風邪で休んどったやろ？　それで、おばちゃんが落ちた音で目エ覚ましたんや」

「けど、お母さんのそばに布団叩きが落ちてたそうです」

奈々がいった。「せやから、布団を叩いてる時に落ちたのは間違いないと思います」

「ふうん」

しのぶはベランダに身を乗りだして布団を叩くところを想像した。たしかに過って落ちてしまいそうな気もするが、大人がそんなミスをするだろうかとも思う。

「一人で勝手に落ちるわけないで」

鉄平は手すりに身体を預けて足をぶらぶらさせた。「うちのお母ちゃんやったら分からんけどな、奈々ちゃんとこのおばちゃんは、そんな慌《あわ》てモンと違うもんなあ」

「落ちるところを見てた人はおれへんの？」

「おれへんらしいわ。あの日、向かいの工場は休みやったし」

このアパートの前には二階建ての印刷工場がある。すすけた窓ガラスが並んでいて、たとえ休みでなくても見えなかったのではないかと、しのぶは思った。

「ほかの部屋の人は？」

「見てへんねんて。みんな、おばちゃんが落ちる音でびっくりして出てきたんや」

「残念やな。目撃者がおったら、はっきりしたのに」

「見てた人がおったら、センセに頼んだりせえへんがな」

「まあ、それもそうやけど……」

しのぶはベランダから離れ、玄関の方に行った。鍵は平凡なシリンダー錠だ。見たところ異常はない。

「事故があった時、ここは鍵がかかってたんやね」

「そうや」

鉄平が答える。あの日奈々は事故のことを知るまで学校にいたのだから、このへんの状況については鉄平の方が詳《くわ》しい。

「ということは、犯人が室内に隠れてた可能性もあるわけや」

「それはないで。巡査のおっちゃんら、大家から合鍵借りて部屋に入ってたもん」

「やっぱりそうか……たぶんそうやと思たけど」

しのぶは奈々の顔を見た。「部屋の鍵はどこにあるの?」

「ひとつは台所の引き出しです」

奈々は流し台の下の引き出しを開けて鍵を出した。そして、「もう一つはあたしが持ってます」といって、キュロット・スカートのポケットから同じ形の鍵を取り出した。

「そうすると、合鍵を作るしかないわけやな……」

しのぶが呟くと、横から鉄平が彼女の服を引っ張った。

「いい忘れてたけど、チェーンも掛かってたてん。入る時は金切り鋏《かなきりばさみ》で切ったそうや」

「なんや、それを早よいわんかいな」

しのぶは膨《ふく》れっ面《つら》を作って、いま一度室内を見回した。ほかには入れそうなところはない。

「どう？」と鉄平が訊いた。「何か閃《ひらめ》いた？」

「まあ、そう急《せ》かしなや。だいたい状況は分かった。あとはじっくり考えるだけや」

「頼りにしてるで」

「ところで奈々ちゃんに訊きたいねんけど、もしもお母さんが突き落とされたとして、何か心当たりはあるの？」

奈々はびっくりしたような顔で、「そんなもの、ありません」と答えた。たぶん考えたこともないのだろう。

「事故があった日の朝とか、前の日とかで、何か変わったことはなかった？」

だけです」

「たとえば変な男の人が来たとか」

奈々はかぶりを振った。「うちに来たのは、郵便配達のおっちゃんとか宅急便の人だけです」

「そう……」

もし本格的に調べるのであれば、町子本人に訊いた方がいいのかもしれないなと、しのぶは思った。

朝倉母子の家を出ると、しのぶは鉄平の耳もとで囁《ささや》いた。「あれはやっぱり事故と違うか？　どう考えても犯人が出入りすることは不可能やで」

「なんやセンセ、これから考えるていうたくせに」

鉄平は膨《ふく》れた。

「考えるけどな、事実を冷静に見ることも大切やで」

階段を降りていくと、二階の二〇一号室のドアが開いて男が出ていくところだった。二〇一ということは、朝倉親子の部屋の真下になる。咄嗟《とっさ》にしのぶは、「ちょっとすみません」と声をかけていた。

「何か？」

男は新藤刑事と同じような年格好で、チェックのジャケットを着ていた。新藤よりはかなり色が白く、上品な感じがする。

「あの、先日この上の部屋の人がベランダから落ちはったこと、知っておられます？」

しのぶがいうと、男は軽く口を開けて頷いた。

「知ってますよ。えらいことでしたね。あの奥さん、お身体の方はどうなんですか？」

「ええ、順調に回復してるそうです」

「それはよかった」

「あの失礼ですけど、事故の時部屋の中にいてはりました？」

「え、僕がですか？　いや、僕は会社にいましたけど」

男が会社のことをいうのを聞いて、しのぶは今日が土曜日だったことを思いだした。最近はどこの企業も週休二日制なのだ。

「そうですか。――ここにはお一人でお住みなんですか？」

「そうですけど……いったい何ですか？　あの奥さんがどうかしたんですか？」

「いえ、その……事故のようすを見てはれへんかと思いまして」

「いや、残念ながら見てないんですよ。用はそれだけですか？」

「はい、どうもすみません」

しのぶが頭を下げると、男は脇を抜けて階段を降りていった。これからデートでもするのだろうか、しきりに髪型を気にしている。

「誰か一人でも見ててくれたら、話は簡単やのに」

男の後ろ姿を見送りながらしのぶは吐息をついた。


小学校から見て緑山ハイツは駅と反対方向にある。それで帰りに大路小学校の前まで来た時、しのぶはそこでまたよく知った顔と出会った。相手もしのぶを見つけるや否や、嬉しそうに手を振っている。

「こんな所で何してるんですか?」

しのぶは少し厳しい顔を作って見せた。この男には少々文句がある。

「先生を待ってましたんや。そのへんまで来る用事がありましたから。誰もおれへんし帰ろかなと思てたんですけど、待ってて良かった」

「生徒の家に行ってましてん。ほかの道で帰ったらよかった」

「そんなこといわんといてください。それよりお茶でもどうですか? おごりますから」

「結構です、急いでますから」

しのぶは新藤の横を通って足早に歩き始めた。だがこういう仕打ちには慣れているのか、新藤は構わずついてくる。

「もうすぐ卒業式ですねえ。あの悪ガキ連中も出ていきよるわけですな。どうです、準備ははかどってますか？」

「別に、あたしが準備するわけやないです。それよりもうちょっと離れて歩いてもらえません？　父兄に見られたら、変な噂がたつわ」

「よろしいですなあ。僕としては望むところや」

「あたしとしては全然望めへんところです。だいたい何の用があるんですか？」

「せやから、ほかの用事のついでに寄っただけですがな。知ってますやろ、八尾の殺人事件？　あの被害者が昔このへんに住んでましてん」

「ああ」としのぶは合点《がてん》した。「そういうたら今日、中田教頭が葬式に行きました。教え子らしいです」

「えっ、ほんまですか？　それはええこと聞いた」

新藤は立ち止まると、ぽんと手を叩いた。

「となると、それについて詳しく聞く必要がありますな。ではそのへんの喫茶店にでも入って、お話を伺いましょ。これは仕事ですから嫌とはいわせませんで」

しのぶは両手を腰に当て、新藤の顔をひとしきり睨《にら》んだ後、その目を空の方に向けた。

「あーあ、こんな刑事がおるようでは犯罪が絶えへんはずや」


二人は以前に関わったことがある『ポンポン』というケーキ屋に入った。しのぶは紅茶を飲みながらショートケーキを食べ、新藤は薄いコーヒーを飲んでいる。

「宮本清子は大路小学校を出たあと、地元の市立中学に進み、そのあと府立の高校に入ってます。中学校時代の成績も大したことのうて、本当やったら府立高校は厳しいところやったんですけど、定員割れで合格してます。授業料の関係から、私立の高校に行く場合は定時制にするつもりやったということです」

「若いのに苦労したんやね」

ショートケーキのいちごを口に運ぶ途中でしのぶはいった。成績などには関係なく、彼女はそういう子供には味方してしまう。

「高校を出たあとは今の会社に就職しました。一昨年から一人暮らしを始めて、ええ年ごろになってきたところで殺されたわけです。こういう事件は特に腹立ちますな」

「同感です。で、新藤さんは異性関係を当たってるというわけですか」

「まあそうですけど、宮本清子は殆ど男とは付き合うてません。高校時代にクラスメートと交際した程度です。その相手の男は東京の大学に行ってしまいまして、清子としては一方的にふられたらしいです」

「かわいそうに。男はいつも身勝手や」

新藤は咳《せき》ばらいをした。

「だいたい地味な女の子やったみたいです。会社に入ってからも、男と交際した形跡はありませんし」

「そしたら男性関係のセンはないということですか？」

「いや、このセンは捨ててません」

意味あり気に頷くと、新藤はコーヒーを啜《すす》った。「宮本清子は、もしかしたら会社を辞めるかもしれんということを親しい人間にしゃべってるんです。僕はね、これは結婚の予定を意味してるんやと思います。結婚して家庭に入るから会社を辞める——こういうわけですな」

「その結婚するつもりの相手に殺されたというわけですか」

救いのない話だとしのぶは思った。

「まあ、まだ断言はできませんけどね。——事件の話はこれぐらいにしときましょ。

一般人にしゃべりすぎたら、また漆さんに怒られる」

新藤はしのぶと一緒の時は、よく捜査のことを話す。彼女がそういう話を一番喜ぶことを知っているからだろう。

「ところで、あたしの方でもちょっとした事件があるんです」

「事件？　何ですか？」

しのぶは朝倉奈々の母町子の転落事故について新藤に話した。その事故について鉄平が疑問を持ち、しのぶに相談したこともだ。聞き終わった後、新藤は、

「面白い、ていうたら失礼やけど、興味深い話ですねえ」

と真剣な顔つきでいった。「密室のことさえなかったら、警察ももうちょっと耳傾けるかもしれません」

「けど密室は完璧やし、突き落とされたいう根拠もないし、正直いうてやっぱり単なる事故やないかと思うんです」

「妥当《だとう》な意見です」

新藤はいった。「けどそれだけでは鉄平君は納得せえへんでしょう。何とかそのお母さんの記憶を呼び戻すのが早道でしょうね」

「それ難しそうやから困って、こうして相談してるんです」

しのぶはケーキの最後の一口を食べ終えると陳列ケースに目を向けた。一日に二個も食べるとさすがに太るかもしれない……。

「そういうたら、前にも相談したいことがあるていうてはりましたね。解決したそうですけど、一体何やったんですか？」

「ああ、あれですか」

しのぶは横目で新藤を睨んだ。たしかに先日、相談したいことがあるといって彼を呼びだした。それも二度もだ。ところがこの男は、その二度とも約束の場所に現れなかった。仕事の都合だろうから仕方がないと思うが、大事なことを相談するつもりだっただけに、少し落胆したのは事実だ。

「あれは別に新藤さんには関係のないことです」

「そんな冷たいこといわんと教えてくださいよ。何の相談やったんですか？　金に困ってるとか、そういうことですか？」

この男は何というアホなのだ――しのぶはあきれて立ち上がった。「何であたしがお金に困らなあかんのですか。新藤さんには関係のないことやていうてるでしょ。あたしもうこれで失礼します」

「あ、ちょっと待ってください。――ありゃ」

新藤はあわてて立ち上がろうとして、コップをひっくりかえしている。しのぶは彼の方を振り返った。

「宮本清子さんの話ですけど、会社を辞める理由は結婚以外にもあるんと違います？　たとえば、相手の男の人がどこか遠くに行くから、それについていくためとか」

「えっ？」

「新藤さんも、もっと女心を勉強しなあかんわ」

「あの、ちょっと……」

彼が濡《ぬ》れたズボンをハンカチで拭《ふ》くのを尻目に、しのぶはすたすたと歩きだした。

6

しのぶと会った翌週の月曜日、新藤は漆崎と共に再び宮本清子の職場に行き、近々転勤する予定の者がいないかどうか尋ねた。前にも会った飯塚班長は、即座に否定した。

「うちは現場ですからな。現場の人間が転勤することは、九十九パーセントありません。せいぜい同じ工場内で持ち場が変わる程度ですけど、それも若いうちはありません」

「ということは、宮本さんの周囲にもそういう人間はおらんかったということですな」

漆崎がいうと、そのとおりですと班長は答えた。

「あの、宮本さんの仕事は品質チェックとかいうてはりましたね？」

新藤が横から訊いた。「その仕事には、他の職場の人は関係してけえへんのですか？」

「そら、全然関係せえへんということはありません」

飯塚は傍《かたわ》らに置いてあった社内電話番号簿を取り、刑事たちの前でめくった。目次の頁には各職場の名前が並んでいる。

「品質課の人間なんかは、ちょくちょく顔出しますな。それから生産技術や設計の連中。新製品の試作する時は、開発の人間も来ます」

飯塚がいった職場を、新藤は素早くメモして、「そういう人らが宮本さんと話をすることもあるんですか？」と訊いた。

「そら、あります。連中も女の子と話をするのは、悪い気しませんからな」

飯塚は表情をほころばせた。「品質課や生産技術の人間には、そうやって嫁さんを見つけた者もおります。ただ、開発の連中は現場の女の子には興味ないみたいな顔をしてますな。連中はエリートで、大学院出が殆どやから、高卒の女の子は相手にせえへんのですやろ」

「エリートゆうたらそういうもんです」

万年ヒラ刑事の漆崎は力をこめていう。自分もそうなりそうな新藤も横で頷いた。

飯塚と別れたあと、新藤はまず品質課に電話して、少し話を聞きたいという意味のことをいった。警察と聞いて相手は焦《あせ》っていたようだが、それでも今すぐ来てもらっていいという返事だった。二人の刑事は来客用の青い帽子をかぶり直し、電話で聞いた道順を進んだ。

品質課長は人の良さそうな太った男で、漆崎たちの質問にも愛想よく答えてくれた。それによると、今のところ彼の部下で転勤の予定がある者はいないらしい。

「宮本清子さんの仕事と関係してはったのはどなたですか？」

「あそこは飯塚班長の所やから、パワー・トランジスタのラインですな。ということは、大瀬《おおせ》という男の担当です。今呼んできます」

品質課長は腰を上げると他の部屋に行き、十分ほどで戻ってきた。二十ぐらいの青年をしたがえている。

「大瀬です」と青年は名乗った。

漆崎はまず、宮本清子と話したことがあるかどうかを尋ねた。もちろんある、と大瀬は答えた。

「どんな話をしたんですか？」と漆崎。

「どんなて……仕事の話です」

「デートに誘ったりはしませんでしたか？」

すると大瀬は目を丸くし、それから少し怒った顔になった。

「なんで僕が宮本さんを誘わなあかんのですか？」

「いや、ひょっとしたらと思いまして。宮本さんとプライベートな話をしはったことはないんですか？」

「仕事以外に口をきいたことなんかありませんよ。だいたい、あの子の方にそんな気が全然ないんです。僕としゃべる時でも、うつむいたきりやし、男に対して警戒心がものすごく強いんです」

「ほう」

漆崎は顎を撫《な》でながら新藤を見た。新藤は軽く瞬《まばた》きする。大瀬が嘘をついているようには見えないという意見を込めたつもりだった。

品質課のあと、生産技術、設計と当たったが、結果は似たようなものだった。どこの担当者も一様に、宮本清子のことをとっつきの悪い女だったといっている点が興味深い。

最後は開発課だった。開発主任というのは目つきも態度も悪い男で、必要最小限のことしかしゃべらなかった。事件との関わりを嫌がっているのが見え見えだ。それでもなんとか、飯塚班長のところと関係した仕事をしているのは横田という社員だ、ということまでは聞きだせた。

「その横田さんにお会いしたいんですけど」

漆崎が頼むと、開発主任は露骨《ろこつ》に渋い顔をしたあと、近くにいた若い社員に横田を呼ぶよう指示した。

間もなく、色白で端整《たんせい》な顔つきをした社員がやってきた。その男が横田らしい。そばの打ち合わせ机で刑事たちは彼と向きあったが、開発主任は知らぬ顔でどこかに行ってしまった。とことん関わり合いを避《さ》けたいらしい。

漆崎は横田に質問を始めた。まず宮本清子との関わりからだ。

「事件のことを新聞で知った時も、あそこで働いてた女の子やとは思わなかったんですよ。会社で話題になって、それで初めて知ったというところで」

「ということは、それまでは名前も知らんかったわけですか？」

「そうです。可愛いけど、地味な子やなと思たことはありますけど」

「話をしたことはありますか？」

「少しはあります。けど、あまりよく覚えてないですね。僕としてはテスト品がどういう結果を出すかということだけに興味がありましたから」

仕事に熱中すると女の子のことなど目に入らないということか。嫌味なやっちゃ、と新藤は横で聞いていて思った。

「今日会うた社員全員の顔写真、手に入れといてくれ」

開発課を出ると、漆崎が新藤に命じた。

「一応宮本清子の母親や友人に見せて、見たことがないかどうか確かめてみよ。期待薄やけど、やることだけはやっとかんとな」

「宮本清子の男が転勤で遠くに行くんやないかという推理、ええと思たんですけどねえ」

先日しのぶからそのことを教えられ、それで色めき立って今日ここまでやってきたのだった。

「まだわからんで。相手の男が同じ会社におるとは限らんしな。それにしてもあの先生、なんでそんなことを思いついたんやろな？」

「さあ……」

「もしかしたらあの先生の好きな相手が、転勤で遠くに行ってしまうんと違うか。それで先生も後を追うために学校を辞める気になってる、とか」

「ちょっと漆さん、しょうむないこというてビビらさんといてください」

「いや、わからんで。なんせ、おまえはこのとおりボヤボヤしとるからな。先生が痺《しび》れきらしても無理ないで」

「そんな……洒落《しゃれ》になれへん」

漆崎の方はニヤニヤしているが、新藤は呆然《ぼうぜん》とした顔で立ち尽《つ》くした。


「僕に用なんて珍しいじゃないですか」

揚げだし豆腐をつつきながら本間義彦がいう。本間は新藤の恋仇《こいがたき》だ。東京出身のサラリーマンで、しのぶと見合いをしたことがある。

「いやまあ、ちょっとね」

まあ一杯、と新藤は本間の盃《さかずき》に酒をついだ。二人は千日前の飲み屋のカウンターに、並んで腰かけている。

「何だか気味が悪いな。いっておきますけど僕たち製造業サラリーマンの給料は、現在の日本では殆ど最下級なんですよ。景気不景気にかかわらずに安定した所得を得られる、あなたたち親方日の丸族とはわけが違うんです」

「景気不景気に関係なく犯罪は起こりますがな。——ところでなんで給料のことなんかをいい出しますんや？」

「お金を貸してくれとか、そういう用じゃないんですか？」

「あほな。なんでライバルに金借りなあきませんねん。あんたに借りるぐらいやったら、漆さんに借りた方がましや」

「漆崎さんから借りることがどういうことを意味するのか知らないけど、なんだかひどいことをいわれてるような気がするな」

「そんなことはどうでもよろし。今日はあんたに訊きたいことがあるんです」

新藤は盃をあけ、本間の方に身体を向けて、ぴんと背中を伸ばした。「本間さん、あんた転勤の予定ありますか？」

「ないよ」といって本間はシシャモをかじった。

「えらい簡単な答えですな」

「だってないものは仕方ないでしょ。——親父さん、カキフライください」

か」


「そうか、ないのか」

新藤はふうーっと息を吐き、同時に伸ばしていた背中を曲げた。

「ああよかった。ほっとしたわ」

「変なことをいいますね。僕が転勤でどこかに行けばいいと思ったんじゃないんですか」

「そんな根性の悪いこと思いまっかいな。そらまあ、転勤するていうたかて引きとめませんけど」

それから新藤はたて続けに酒を飲んだ。もしも本間が転勤して、それにしのぶがついていくような話だったら、この場で暴れるつもりだったのだ。

「ああ、そうや。もう一つ訊きたいことがあるんやった」

ひと月ほど前に、しのぶから相談にのってほしいと頼まれたことがあったことを、新藤は本間に話した。すると本間は少し不満そうな顔で、

「なんだ、やっぱりあなたにもそういう話があったんですか。がっかりだな」

といった。

「あんたにもあったんか……。で、相談にのったんですか？」

「のりましたよ。あなたは断ったんですか？」

「いや、自分は仕事が忙しかったから……。いったい何の相談やったんですか？　その後先生に何べん訊いても教えてもらえませんねん」

「ふうん」

本間は箸《はし》を止め、新藤を横目で見たあと、ニヤリと意味あり気に笑った。「じゃあ僕も話すのはよそう」

「えっ」

「しのぶ先生が黙っているのに、僕がしゃべるわけにはいきませんからね」

「そんな……それはないで」

「ただね、このことだけは教えてあげましょう。彼女は今重要な岐路《きろ》に立っています。たとえば彼女が結婚を選ぶとしたら、今なのかもしれない」

「そしたらプロポーズするチャンスというわけや」

「そう。でも僕はしない。しない方がいいと思っている」

「…………」

本間は前を向いたまま、黙って酒を口に運んだ。新藤はその横顔を見つめたままで、それ以上は何も訊けなかった。

7

卒業式を明日に控え、予行演習はほぼ完璧に仕上がっていた。しのぶは講堂の壁際に立ち、歌の練習をする子供たちを眺めながら、彼等と過ごした日々のことを思い起こしていた。

——なんだかんだいいながら、皆ようついてきてくれたもんや。これで教師としての自信も少しはついたし、感謝せなあかんのはこっちの方やで……。

『仰げば尊し』の歌が流れる。声は大きいが音がはずれているのが、しのぶのクラスだ。担任に似たらしく、彼等の音楽の成績はとうとう上がらずじまいだった。

田中鉄平や原田郁夫《いくお》の顔が見える。彼等のおかげで、いろいろな事件に巻きこまれたが、今となってはすべて楽しい思い出だ。田中といえば、朝倉町子の転落事故の件が未解決だが、このままズルズルと流してしまうようなことは避けたいと思う——。

子供たちが歌の練習をしている間に、舞台では明日の準備が進められていた。演台やマイクの位置を確認したり、演台の後ろに日の丸を掲げたりしている。

その日の丸を貼りつけていた教師が、何かの拍子《ひょうし》で転んだ。咄嗟に日の丸を摑《つか》む。

日の丸ははがれ、スルスルと落ちていった。

子供たちの歌が中断し、代わりに笑い声が講堂中にあふれた。教師たちは大声で注意する。しのぶもそうしようとしたが、その瞬間、頭の中で何かがぱっとはじけた。彼女は舞台を振り返った。転んだ教師はあわてて立ち上がり、日の丸を戻そうとしている。

「そうか、そうやったんか……」

しのぶは唸《うな》り声を漏《も》らした。

8

卒業式の当日——。

しのぶは式開始より一時間半も早く今里駅に着いた。昨夜新藤から電話がかかってきて、是非会いたいといわれたからだ。式の後には、いろいろと教員同士の付き合いがあるだろうから、式が始まる前に会うことにしたのだ。

駅から五分ほどのところにある公園に行くと、新藤がブランコに揺られながら彼女を待っていた。しのぶが手を振ると、さっと立ち上がり、ズボンの埃《ほこり》を払うしぐさをした。

「何ですか、急用って？」

しのぶが訊くと、新藤はネクタイを直し、唾を飲みこんだ。「えーとですね」

「何ですか？」

「はあ、あの……なかなか黒い服も似合いますね」

「そんなことは知ってます。あたしは何着ても似合うんです。で、用は何ですか？」

「そんなにポンポンいわれたら、いいにくうなってしまうなあ……」

「何ブツブツいうてるんですか。用がないんやったら、あたし、学校に行きますから」

「ああっ、ちょっと待ってください、いいます、いいます。今いいます」

新藤は咳ばらいをし、大げさに深呼吸をした。そして直立不動の姿勢でいった。

「お願いします。僕と結婚してください。最高の、とはいえませんけど、そこそこの幸福は保証させてもらいます」

さらに新藤は、「たのんます」といって頭を下げた。その拍子に彼の背広のポケットから、ばらばらと何かが落ちた。

「あっ、何か落ちましたよ」

しのぶがいうと同時に風がさあーっと吹き、その落ちたものが散らばった。

「あっいかん、大事な写真が」

プロポーズの途中だが、捜査資料をなくすのはさすがにまずいらしく、新藤はあわてて写真を拾い集めた。しのぶも何枚か拾った。

「ええっと、一枚二枚……と。先生の方には何枚あります？」

「こっちは二枚です」

そういって何気なく写真に目を向けたしのぶだが、やがて、「あれえ？」と声を上げていた。

「どないしました？」

「この写真の人、知ってます」

しのぶが写真の中に見つけた男は、緑山ハイツの男、つまり例の朝倉母子の下に住む男だったのだ。表札の名字がたしか『横田』だったことも覚えている。

「おっしゃる通りこの男は横田というやつです。へえ、それは偶然やなあ」

新藤は感心したようにいったが、その彼の顔をしのぶは真剣なまなざしで見た。

「偶然と違うかもしれませんよ、新藤さん」

「えっ、それはどういうことですか？」

「八尾の死体が見つかったのも、緑山ハイツで転落事件があったのも同じ日でしょ？何か関係があるんと違います？」

「けどそれだけではなあ……」

新藤は額に手を当てた。

「それだけやないんです。あたしの考えに間違いがなかったら、朝倉さんのお母さんを落としたのは、この横田という人のはずなんです。昨日そのことに気づいたんですけど、動機がさっぱりわかれへんから黙ってたんです」

しのぶは勢いこんでしゃべった。無意識のうちに新藤の服の袖《そで》を引っ張っている。

「えっ、そしたら密室の謎が解けたんですか？」

「解けました。というても、大したトリックやないんです。——ねえ新藤さん、布団をベランダに干して、それを叩く時にはどうします？　こうやって、身を乗りだして叩くのと違います？」

しのぶは新藤の前で、膝《ひざ》を伸ばしたまま、ぐっと上体を前に倒した。傍から見ると奇妙な光景だろうが、そんなことをかまっている場合ではない。

「そうですね、普通はそうやって叩きますね。で、その時に後ろからちょっと押すと、簡単に転落するというわけですな」

「そう考えたらあかんのです」

しのぶは身体を元に戻した。頭に血が上って頬がほてるのがわかる。今朝苦労してセットした髪もぐしゃぐしゃだ。

「突き落とす、と考えたらあかんのです。たぶん犯人は、朝倉町子さんが叩いていた布団を下から引っ張ったんです。ベランダに何かの台を持ってきてその上に立ったら、上のベランダで干してる布団に手が届くのと違います？」

「そういうたら横田は長身でしたね。なるほど、下から布団を引っ張るという手があったか」

「転落事件のあった日、あの横田という人は会社にいってたというけど、本当かどうか怪しいもんやわ。新藤さん、大至急調べてください」

「いや、その前にやることがあります」

新藤はポケットから別の写真を取り出した。しのぶが見ると、それはどうやら宮本清子の写真らしい。「今ひらめいたんですけど、もし殺された宮本清子が横田の恋人で、あいつの部屋に出入りしたことがあったら、朝倉さんが宮本清子の顔を見てる可能性がある。そうなると横田に朝倉さんを殺す動機が出来るというわけや。先生、まずは朝倉さんに会《お》うて来ますわ。それで、宮本清子の顔を見たことがないかどうか、めなあきませんでぇ」

「何アホなこというてますねん。先生は卒業式に出てください。終わりはビシッと締《し》

「あたしも行きましょか？」

尋ねてきます」

というわけで新藤は緑山ハイツに、しのぶは大路小学校に向かって歩きだした。小学校までは同じ道なので並んで歩く。新藤のプロポーズが中断された格好だが、どちらもそれについては触れなかった。

――つまりこの人は格好つけたことは似合わん、天性の三枚目やということやな。

真剣な顔を前に向けて歩く新藤を横目で見て、しのぶはクスリと笑った。

やがて小学校の前まで来た。それではここで、とお互いがいいかけた時である。

「竹内先生、えらいことです」と大声を出して走ってくる子供がいた。見ると、それは朝倉奈々だった。

「どないしたん？　ものすごい顔して。可愛い顔が台無しやで」

冷やかすようにしのぶはいった。

「えらいことなんです。うちのお母さんが襲われて、それで鉄ちゃんが犯人と、どっかに行ってしもたんです」

「ええっ」

しのぶと新藤は声を合わせて叫んだ。

「あたし、鉄ちゃんと一緒に家を出てきたんけど、すぐに後ろで大きい音がしたんです。それで振り向いたら、黒いジャンパー着た男の人が、アパートからすごい勢いで出てきたんです。何やろと思て立ってたら、今度は鉄ちゃんとこのおばちゃんが出てきて、強盗や、朝倉さんが襲われたていいはるんです。あたし、めちゃくちゃびっくりしました」

いかにびっくりしたかを示すために、奈々はドングリのように目を大きく開いた。

「びっくりしたのは分かった。それで？」

と新藤は奈々をせかす。

「それで鉄ちゃん、男の人追いかけていきました。男の人、道に止めてあった小さなトラックみたいなのに乗ったんですけど、鉄ちゃん、その荷物積むところに飛び乗りました」

「あの子、なんちゅうアホなことを……」

しのぶは言葉に詰まった。

「鉄ちゃんとこのおばちゃんによると、あたしらが出ていってすぐ、あたしの家から悲鳴みたいな声が聞こえてきて、それでおばちゃんがようす見に行ったら、急に男の人が出てきて、おばちゃんを突き飛ばして逃げたらしいんです。うちのお母さん、その男の人に首絞められそうになったんやそうです」

「あの男やわ、新藤さん」

しのぶが叫んだ。「横田や。また朝倉さんを狙《ねら》いよったんやわ」

「そのおっさん、どっちの方向に逃げた？」

新藤が訊くと、奈々はちょっと考えてから、「南やから、あっちかな」と指さした。

「南やな。で、黒ジャンパーのほかに特徴は？」

「鼠色《ねずみいろ》の帽子かぶってた。それからサングラスも」

「トラックの特徴覚えてへんか？　何でもええねんけど」

奈々は首を傾げてから、「青色で……荷物積むところに、ビニールの囲いがあった」

「ビニールの囲いというのは幌《ほろ》やな。よしわかった」

新藤はあたりを見回すと、近くの公衆電話を見つけて走っていった。本部に連絡するつもりらしい。

「おっ、センセ。えらい早いやん」

そこへのんびりとやってきたのは、原田、畑中といった悪ガキ連中だ。皆それぞれ一張羅《いっちょうら》を着てきているが、いつものドロだらけの服ほどには似合っていない。

「あんたら、センセのいうことよう聞き」

「なんや？　僕ら何も悪いことしてへんで」

原田が警戒する目になった。畑中は逃げる準備をしている。

「あほ、そんなんと違う。じつはな、センセは急用ができたから、式には出られへん」

「なんで？」

「せやから急用や。あんたらのことは他の先生に頼んどくから、しっかりやるんやで。下手でもええから、歌うたう時は大きな声でな」

「ふうん、わかった」

「ほかの子らにも、よろしくいうといて」

子供たちが学校に入っていくのを見送っている間に、教頭の中田がやってきた。しのぶは彼に事情を話し、鉄平の安否がはっきりするまで田中家にいるといった。中田は、鉄平が追った男が宮本清子を殺した犯人でもあるかもしれないという話には、特に驚いたようすだった。

「よっしゃ、あんたのクラスのことは引き受けた」

中田教頭は胸を叩いた。

そのうちに新藤が電話を終えて戻ってきた。

「今、連絡しました。主要道路、押さえてもらいます。もう袋の鼠です」

「わかりました。これから田中君の家に行きます」

「あたし、これから田中君の家に行きます」

「あたしも」

奈々も手を上げていった。


鉄平の家には、すでに近所の派出所の巡査がかけつけていた。両親はさすがに興奮気味だったが、しのぶたちがいくと幾分落ち着いたようだ。

「あっという間にトラックの荷台に乗ってしもたんです」

鉄平の母美佐子は目頭を押さえていった。

「あの子、この間から、奈々ちゃんとこのおばちゃんを落とした犯人捕まえたるていうてたから……」

「すいません、私のために」

松葉杖《まつばづえ》が痛々しい朝倉町子がそういって頭をさげ、激しくむせた。首をしめられた影響が残っているらしい。

美佐子は手を振った。「朝倉さんは何も悪いことおません。気にせんといてください」

「ところでお訊きしたいんですけど」

しのぶが町子の目を見ていった。「ベランダから落ちる時、布団が下に引っ張られるような感じしませんでした？」

「そういわれたら……」

町子は眉を寄せ、首を曲げて考えこんだ。

「そういわれたら、身体が急に浮いたような気がします。それで踏ん張ろうとしても、どんどん身体が動いて……それでものすごく怖かったんです」

「やっぱり」

しのぶは新藤と顔を見合わせて大きく頷いた。続いて新藤が、宮本清子の写真を町子に見せた。「この女の人に見覚えありませんか？」

町子はしばらく眺めていたが、結局首をふった。「見たことありませんけど」

「そうですか……」

新藤は首を捻ってしのぶを見る。やはり殺人事件とは無関係なのだろうか？

だがこの時横から写真を覗きこんでいた奈々が、「あっ、この人知ってる」と大きな声でいった。

「知ってる？　ほんまか？」

「うん。この人、宅急便取りに来た人や。下の部屋が留守やったから、うちが預かってた荷物、あとで取りに来た人や。本当です」

「それや」と新藤は叫んだ。「横田は、宮本清子さんが荷物を受け取った相手は町子さんの方やと早合点したんや。それで町子さんの命を狙《ねろ》うた。自分と宮本清子さんの関係が町子さんの口から暴露《ばれ》るのを防ぐためや」

「あほな男。そんな男は死んだらええねん」

しのぶが吐き捨てた時、電話のベルが鳴りだした。さっと受話器を取ったのは新藤だった。皆が見守る中、彼は二言三言話したのち、力強くVサインを作ってみせた。

横田が捕まったのは平野《ひらの》区の加美《かみ》、奇《く》しくも宮本清子の死体が発見された近くだった。

荷台に飛び乗った鉄平は、横田が気づいていないことを知ると、じっと隠れて機会を窺《うかが》っていた。機会とは大声を出す機会である。そして車が二十五号線に入って信号で止まった時、近くに警官がいるのを見つけて、ここを先途《せんど》とばかりに助けを求めたのだ。びっくりした横田は車を降りて逃げようとしたが、その前に警官に捕まったというわけだ。

「あぶないことして、今度こんなことしたら許せへんで」

皆と一緒に平野署まで鉄平を迎えに来たしのぶは、まずこういってゲンコツをくらわせた。

「痛いなあ。けど、もうセンセにしごかれることもないからな。最後のゲンコツやな」

鉄平は平気な顔だった。

間もなく新藤が待合室に現れた。これから全員を送るという。それで二台に分乗して、とりあえず学校に行こうということになった。しのぶは新藤と二人で乗りこんだ。

「横田は去年から宮本清子さんと付き合うてたらしいです。けど結婚する気は最初からなかったみたいですな。やつの会社では、今年の夏に優秀な社員を海外研修させる計画があるらしいんですが、そのメンバーに内定しとったようで、それを機会に別れようとしたようです。ところが清子さんの方はそんな気は全くない。会社を辞めてでもついていくつもりやったみたいです。彼女はどうも、思いつめる性格やったんですな。それで別れ話がこじれて、思わず自分の部屋で殺してしもたらしいです。エリートの悲劇ですな。白状してる最中、あんな高卒の女になんか手エ出さんといたらよかったいうて泣いてましたわ。あの男はもう病気です。まともやない」

さらに新藤は、朝倉町子を狙った動機や手段については推理通りだったと付け加えた。

「そういう大人にだけは」

ここで言葉を切り、しのぶはため息をついた。「なってほしないなあ」

教え子たちのことをいったのだった。

「それにしても、えらい卒業式になりましたね」

新藤が苦笑まじりにいった。

「ほんまに。一生忘れられませんわ」

「ところで僕、先生からの答え聞いてませんね。今朝《けさ》の話の続きですけど」

「ああ、あれ」

「あれ……て。えらい軽い言い方しますな。一世一代の申し込みでっせ」

あはは、としのぶは笑った。「新藤さん見てたら、そんなに大層なこととは思えませんわ」

「失礼な。で、どないですねん？　イエスか、ノーか？」

「ノーですね」

新藤はシートから少しずり落ちた。「……あっさりしてますな」

「今やから、ノーてはっきりいえるんです。もうちょっと前やったら、たぶん迷てました」

「もうちょっと前て？」

新藤が訊くとしのぶは一旦黙り、それからおもむろに口を開いた。

「あたし、この春から兵庫県の大学に行きます。内地留学ていうんです。教育について、もっともっと勉強します」

「勉強て……教師やめるんですか？」

「いえ、そうやないんです。お給料はちゃんともらえるんですけど、二年間勉強するんです。それが終わったら、また教えます」

「そんなこと……いつ決めたんですか？」

新藤はショックを隠せないようすだ。

「行きたいと思たのはずっと前です。試験は一月十日に受けました。十倍ぐらいの競争率ですけど、まぐれで合格したんです。けどそれから迷いだしました。そんな勉強に意味があるのかどうかとか、この二年をそういうふうに使こてええかどうかとかです。そのことでいろいろな人に相談もしたんですけど……」

「ああ……」

新藤はうなだれた。しのぶの相談の内容をようやく知ったのだ。

「本間さんにも相談しました」

「……知ってます」

「けどあたし……新藤さんに一番相談に乗ってほしかったんです」

「……すいません」

そしてそれっきり二人は口を閉ざした。

ようやく小学校に着いたが、中はひっそりとしていた。卒業式は終わったらしい。しのぶと新藤、それから田中親子と奈々は、静かな校庭に足を踏みいれた。

「終わってしもたな」

鉄平があたりを見回していった。物音ひとつ聞こえない。

——が、その時、講堂の方から誰かが走ってくるのが見えた。それは教頭の中田だった。中田はしのぶたちのところに来て、息を切らせながらいった。

「竹内先生、子供らが待ってるで。あんたらのクラスだけ、卒業証書まだ配ってへんのや。子供らが、そうしてくれといい出しよってな。あんたの手から渡したり。それにあの子ら、『仰げば尊し』をまだ歌てへん。先生が来たら歌うていうてな。早よ行ったり」

「あの子らが？」

「そうや。あの悪ガキ共、案外ええとこあるで」

しのぶは何かをぐっと飲みこみ、下唇をかんだ。「……生意気な子らや」

「センセ、早よ行こ」

鉄平がしのぶの腕を掴んだ。しのぶは二、三歩進み、それから新藤を振り返った。

「こういうことですから、行ってきます」

新藤は頷《うなず》いた。「卒業式できて、よかったですね」

しのぶは微笑んだ。そして鉄平たちと共に走っていった。

解説

関西人——この摩訶不思議な魅力

宮部みゆき

もう十年近く昔、初めて大阪へ行ったとき、市内のバスに乗っていて、姉弟喧嘩を目撃したことがあります。「目撃」とはまた大げさな——と言われるかもしれませんが、その当時のわたしにとっては、まさに「目撃しちゃった!」という言葉にふさわしい、それは面白い光景であったのです。

中学一年生ぐらいのお姉ちゃんと、小学校四年生ぐらいの弟という組合せでした。当然のことながら、彼らは大阪弁で喧嘩をしています。そしてそれが、わたしには「おお!」という感激もの体験だったというわけです。

(わぁ……生《なま》の大阪弁の喧嘩だぁ)

市内の地図を片手に、後の座席で耳をそばだてている旅行者のねーちゃんの存在になど気づかず、喧嘩に熱中する姉弟は、早口でポンポンとやりあい、次の次のバス停で降りて行きました。ステップを降りながら、お姉ちゃんの方が、はっしとばかりに弟の頭を張り飛ばし、いい音をたてました。その一幕があんまり魅力的だったので、わたしは思わずバスを降り、あとを尾《つ》いていきたくなったほどでありました。

今、こうしてその時のことを思い出すにつけても残念でたまらないのは、あの喧嘩言葉の詳細を、文章で再現することができないということです。わたしの頭のなかの言語ソフトには、「大阪弁用コンバーター」が装備されていないので、変換できないのだ！

「外国語を習っていて、その言葉で喧嘩ができるようになったら一人前だ」とは、よく聞く言葉ですが、そこから敷衍《ふえん》して考えてみても、大阪弁という言葉には、他国者《よそもの》がズカズカ入って行くことのできない、ひとつの世界があるのだということがわかります。実際、ちょっと真似しようとしても、まず出来ない――言葉だけは真似られても、あの独特のニュアンスは、絶対に出せません。

「あかんねんて」なんて言ってみても、調子っぱずれに聞こえてしまうだけです。

ところが、ないものねだりと言うべきか、わたしは、この手の届かない言語、大阪弁が大好きなのです。とても人様に見せられる代物ではないので、厳重にしまいこんでありますが、大阪弁をしゃべる刑事が登場する習作を書いてみたことさえあるくらい。

なにゆえ、それほど惹かれるか？　理由は簡単、はるき悦巳さんの描く漫画、「じゃりン子チエ」シリーズの、熱狂的なファンであるからです。新刊が出るとすぐに買ってきて、仕事を放り出して読んでしまいます。

ですから、バスのなかの姉弟喧嘩は、わたしにとって、チエちゃんの住んでいる世界がそのまま目の前に出現したようなものでした。今にも、「テツー！」と言う怒鳴り声とともに、横丁から下駄が飛んできそうな感じになって、とても楽しかった。

「あれ？　アンタ違う本の解説を書いてんじゃないの？」と思い始めた読者の皆様、ご安心を。解説子は、ちゃあんと承知で前振りをしているのでして、つまり、こう言いたいわけです。

本書『浪花少年探偵団』の主人公、しのぶセンセは、チエちゃんが大人になったときの姿だと思いませんか？　足も速いし、口も早いが手も早い。ホント、そっくりだと思うんですよ。

ですから、わたしは、この「しのぶセンセ」シリーズも大好きです。著者・東野圭吾さんの作品群のなかでも、ダントツ、いちばんのお気にいりであります。勿論ほかにも力作・傑作があるので、こう言うと著者はコケてしまわれるかもしれませんが……ままよ、好きなものはしょうがないのだ。

大阪というエネルギッシュな都市は、社会の様々な分野で活躍する、たくさんの特異で強力な才能を生み出してきました。ミステリ界において、中堅・若手に限ってみても、本書の作者である東野圭吾さんを始め、大阪を舞台に活躍する刑事クロマメ・コンビの生みの親の黒川博行さん、異色の強奪物『黄金を抱いて翔べ』を引っさげて鮮烈なデビューを飾った髙村薫さん、『動く不動産』で横溝正史賞を受賞の姉小路祐さん、大正ロマンの香り高い秀作『銀笛の夜』の水城嶺子さん――と、みなそれぞれにユニークな個性を持つ実力派ぞろいです。一種の〝独立国〟と言ってもいい大阪の街は、東京という、いつも正体のはっきりしない、虚像しかない都市とは違い、常に生きて、動いて、活動しているから、活きのいい作家を生み出すことができるのでしょう。

土着の東京人であるわたしには、これがとても羨ましく思えます。ただ、ここで一言お断わりしておかなければならないのは、わたしの言う「土着の」とは、断じて、「こちとら江戸っ子だい！」などという意味ではなく、「東京人」というのも、「東京はやっぱり国際都市だから――」などというヘドが出そうな〝ええ格好しい〟の意味合いを持ったものではないということです。それは、言ってみれば、〝生まれ育った町としての東京〟であり、そこに住んでいて、世に喧伝されている「格好いい東京、スマートな東京」についてゆくことのできない、置いてけぼりを食っている「東京人」のことなのです。

そう、都市化が進むにつれて、とろい「土着人」が知っていた東京は、個々の生活スペースの大きさにまで、こなごなに粉砕されてしまいました。もともとあった「東京」は、今存在している、幻想の「東京」、外面しかない「東京」に負けてしまったのです。

でも、大阪は違う。大阪は、都市として膨れ上がりながらも、頑として「大阪」であり続けています。これが、関東がまだ泥と埃《ほこり》の僻地でしかなかったころから文化都市だったという、年季の強みでしょう。都市の気骨が違うのです。そして、そういう街とがっちりヘソの緒が繋がっている作家が、個性的で骨太でないわけがないのです。

本書は、そういう作家の一人である著者が、こなれのいい大阪弁をポンポンッと原稿用紙にぶっつけて、登場人物たちをわっせわっせと走らせてつくりあげた作品集です。これもまた、面白くないわけがありません。それでは、この解説から先に読んでおられる読者の方のためにも、趣向に触れない範囲内で、ちょっと本編の内容をご紹介することにいたしましょう。

第一話「しのぶセンセの推理」は、しのぶセンセ初登場の巻。原田や鉄平の悪ガキ連中も、ゼロジュウの中田教頭も、これ以降の巻でしのぶセンセを追いかけ続けることになる、やや頼りないロミオの新藤刑事も、彼の先輩で頭はいいけどスケベな漆崎刑事も、みんな出揃います。申し上げるまでもありませんが、この「センセ」、まちがっても「センセイ」と発音してはいけません。あくまで最後は「セ」で切ること。そういえば、作中の会話によく登場する「せやけど」「せやから」の「せ」も、これ、実際には「せ」と「そ」の中間ぐらいの音なのですね。

お話の方は、これ、実際にあっても不思議はない○○○○目当ての犯罪の話で、謎解きの鍵となるのがタコ焼きであるというところがまた楽しい。

次の「しのぶセンセと家なき子」には、鉄平もしてやられる凄い快速のひったくり小僧が登場、しのぶセンセも一度はまかれてしまいます。センセと新藤刑事、今度はお好焼きを食べつつ推理を展開。でも、最後の「皆を集めてさてと言い」は、スケベな漆崎刑事が担当して、〝ヒラやけど、やっぱり刑事は大したもんや〟と、しのぶセンセに言われております。

第三話「しのぶセンセのお見合い」には、新藤刑事の恋敵となる本間義彦が登場。

これに従い、原田と鉄平がスパイとなって、新藤刑事にセンセの動静を報せ、ちゃっかり報酬をせしめるという協力関係が成立します。事件解決の手がかりとなる「雨降って地固まる」云々の台詞は、解説子も知人の結婚式で使用したことがあり（読者諸賢の皆様も、一度や二度は身に覚えがあるはず）、ニヤリとさせられたことでありました。

「しのぶセンセのクリスマス」には、なんとUFOが出てきます。この正体を見極めるために走り回る六年五組の子供たちが、まさに浪花少年探偵団、題名の由来となったという一席。右利きなのに右手首を切って死亡している奇妙な女性の変死体と、クリスマス・ケーキのなかから出てきた凶器のナイフ――さて、真相は？　というお話ですが、部屋に飾ってある写真から推理をめぐらせるあたりなど、しのぶセンセの女らしさと、著者の目配りのきめ細かさがうかがわれます。

とりをつとめる「しのぶセンセを仰げば尊し」は、六年五組の卒業式を目前にして起こった怪事件。鉄平の暮らす緑山ハイツで起こった、一見したところ事故のようにしか見えない主婦のベランダ転落騒動と、漆崎・新藤両刑事を悩ます若い女性の殺害事件が、さあてどう結びつきますか。地味で目立たず、人に恨まれるようなタイプでもなく、浮いた噂のひとつもなかったおとなしい女性が、なぜ殺されなければならなかったか――これ、その気になれば、長編に仕上げることもできるテーマであります。ベランダ転落の仕掛けも秀逸で、怖い。一種の密室ものと言っても良いかもしれませんが、リアリティがあって、現実にありそうな話です。実際にやってみた場合の成功率も、かなり高そうだ……。

但し、読者諸賢の皆様のなかに、「よし、じゃあ、これを真似て――」などと思っている方がもしいたら、ご注意を。駆け付けた警官がしのぶセンセを読んでいたら、すぐにバレます。また、他の作家の作品のなかにも、このバリエーションを効果的に展開したものがありますので、そちらを読まれていても、またバレます。推理小説とは本来そういうものでありますから、やめといた方がいいです。

本書に収録されているのは以上の五編でありますが、嬉しいことに、この「しのぶセンセ」シリーズは著者の看板のひとつとなり、現在も小説現代に短篇連作として随時掲載中であります。そのうち、パート2が上梓されることでしょう。楽しみにお待ちください。

え？　待てないって？　あんたもせっかちやなぁ。かんにんしてや。

（一九九一年文庫刊行時収録解説）

初刊一九八八年十二月単行本、一九九一年十一月文庫化。
本書はそれを元に文字を大きくした新装版です。

|著者| 東野圭吾　1958年、大阪府生まれ。大阪府立大学電気工学科卒業後、生産技術エンジニアとして会社勤めの傍ら、ミステリーを執筆。1985年『放課後』（講談社文庫）で第31回江戸川乱歩賞を受賞、専業作家に。1999年『秘密』（文春文庫）で第52回日本推理作家協会賞、2006年『容疑者Xの献身』（文春文庫）で第134回直木賞、第6回本格ミステリ大賞、2012年『ナミヤ雑貨店の奇蹟』（角川文庫）で第7回中央公論文芸賞、2013年『夢幻花』（PHP文芸文庫）で第26回柴田錬三郎賞、2014年『祈りの幕が下りる時』（講談社文庫）で第48回吉川英治文学賞、2019年、出版文化への貢献度の高さで第1回野間出版文化賞を受賞。他の著書に『新参者』『麒麟の翼』『危険なビーナス』（いずれも講談社文庫）など多数。最新刊は『マスカレード・ゲーム』（集英社）。

新装版《しんそうばん》　浪花少年探偵団《なにわしようねんたんていだん》

東野圭吾《ひがしのけいご》

1991年11月15日旧版　第1刷発行
2011年6月1日旧版　第50刷発行
2011年12月15日新装版第1刷発行
2023年3月31日新装版第24刷発行

発行者――鈴木章一
発行所――株式会社　講談社
東京都文京区音羽2-12-21　〒112-8001
電話　出版（03）5395-3510
　　　販売（03）5395-5817
　　　業務（03）5395-3615

Printed in Japan

講談社文庫
定価はカバーに
表示してあります

KODANSHA

デザイン―菊地信義
本文データ制作―講談社デジタル製作
印刷―――株式会社KPSプロダクツ
製本―――株式会社国宝社

ISBN978-4-06-277130-6

講談社文庫刊行の辞

二十一世紀の到来を目睫に望みながら、われわれはいま、人類史上かつて例を見ない巨大な転換期をむかえようとしている。

世界も、日本も、激動の予兆に対する期待とおののきを内に蔵して、未知の時代に歩み入ろうとしている。このときにあたり、創業の人野間清治の「ナショナル・エデュケイター」への志を現代に甦らせようと意図して、われわれはここに古今の文芸作品はいうまでもなく、ひろく人文・社会・自然の諸科学から東西の名著を網羅する、新しい綜合文庫の発刊を決意した。

激動の転換期はまた断絶の時代である。われわれは戦後二十五年間の出版文化のありかたへの深い反省をこめて、この断絶の時代にあえて人間的な持続を求めようとする。いたずらに浮薄な商業主義のあだ花を追い求めることなく、長期にわたって良書に生命をあたえようとつとめるところにしか、今後の出版文化の真の繁栄はあり得ないと信じるからである。

同時にわれわれはこの綜合文庫の刊行を通じて、人文・社会・自然の諸科学が、結局人間の学にほかならないことを立証しようと願っている。かつて知識とは、「汝自身を知る」ことにつきていた。現代社会の瑣末な情報の氾濫のなかから、力強い知識の源泉を掘り起し、技術文明のただなかに、生きた人間の姿を復活させること。それこそわれわれの切なる希求である。

われわれは権威に盲従せず、俗流に媚びることなく、渾然一体となって日本の「草の根」をかたちづくる若く新しい世代の人々に、心をこめてこの新しい綜合文庫をおくり届けたい。それは知識の泉であるとともに感受性のふるさとであり、もっとも有機的に組織され、社会に開かれた万人のための大学をめざしている。大方の支援と協力を衷心より切望してやまない。

一九七一年七月

野間省一

長谷川 卓 嶽《がく》神《じん》列伝 逆渡《さかわた》り
長谷川 卓 嶽《がく》神《じん》伝《でん》 血路
長谷川 卓 嶽《がく》神《じん》伝《でん》 死地
長谷川 卓 嶽神伝 風花(上)(下)
原田マハ 夏を喪くす
原田マハ 風のマジム
原田マハ あなたは、誰かの大切な人
畑野智美 海の見える街
畑野智美 南部芸能事務所 season5 コンビ
早見和真 東京ドーン
はあちゅう 半径5メートルの野望
はあちゅう 通りすがりのあなた
早坂 吝《やぶさか》 ○○○○○○○○殺人事件
早坂 吝 虹の歯ブラシ 〈上木《かみき》らいち発散〉
早坂 吝 誰も僕を裁けない
早坂 吝 双《そう》蛇《じゃ》密室
浜口倫太郎 22年目の告白 〈―私が殺人犯です―〉
浜口倫太郎 廃校先生
浜口倫太郎 AI崩壊

原田伊織 明治維新という過ち 〈日本を滅ぼした吉田松陰と長州テロリスト〉
原田伊織 列強の侵略を防いだ幕臣たち 〈続・明治維新という過ち〉
原田伊織 〈明治維新という過ち・完結編〉 虚像の西郷隆盛 虚構の明治150年
原田伊織 三流の維新 一流の江戸 〈明治は「徳川近代」の模倣に過ぎない〉
葉真中《はまなか》 顕《あき》 ブラック・ドッグ
原 雄一 宿命 〈國松警察庁長官を狙撃した男・捜査完結〉
濱野京子 with《ウィズ》 you《ユー》
橋爪駿輝 スクロール
平岩弓枝 花嫁の日
平岩弓枝 はやぶさ新八御用旅(一) 〈東海道五十三次〉
平岩弓枝 はやぶさ新八御用旅(二) 〈中仙道六十九次〉
平岩弓枝 はやぶさ新八御用旅(三) 〈日光例幣使道の殺人〉
平岩弓枝 はやぶさ新八御用旅(四) 〈北前船の事件〉
平岩弓枝 はやぶさ新八御用旅(五) 〈諏訪の妖狐〉
平岩弓枝 はやぶさ新八御用旅(六) 〈紅花染め秘帳〉
平岩弓枝 新装版 はやぶさ新八御用帳(一) 〈大奥の恋人〉
平岩弓枝 新装版 はやぶさ新八御用帳(二) 〈江戸の海賊〉
平岩弓枝 新装版 はやぶさ新八御用帳(三) 〈又右衛門の女房〉
平岩弓枝 新装版 はやぶさ新八御用帳(四) 〈鬼勘の娘〉

平岩弓枝 新装版 はやぶさ新八御用帳(五) 〈御守殿おたき〉
平岩弓枝 新装版 はやぶさ新八御用帳(六) 〈春月の雛〉
平岩弓枝 新装版 はやぶさ新八御用帳(七) 〈寒椿の寺〉
平岩弓枝 新装版 はやぶさ新八御用帳(八) 〈春怨 根津権現〉
平岩弓枝 新装版 はやぶさ新八御用帳(九) 〈王子稲荷の女〉
平岩弓枝 新装版 はやぶさ新八御用帳(十) 〈幽霊屋敷の女〉
東野圭吾 放課後
東野圭吾 卒業
東野圭吾 学生街の殺人
東野圭吾 魔球
東野圭吾 十字屋敷のピエロ
東野圭吾 眠りの森
東野圭吾 宿命
東野圭吾 変身
東野圭吾 仮面山荘殺人事件
東野圭吾 天使の耳
東野圭吾 ある閉ざされた雪の山荘で
東野圭吾 同級生
東野圭吾 名探偵の呪縛

東野圭吾　むかし僕が死んだ家
東野圭吾　虹を操る少年
東野圭吾　パラレルワールド・ラブストーリー
東野圭吾　天空の蜂
東野圭吾　どちらかが彼女を殺した
東野圭吾　名探偵の掟
東野圭吾　悪意
東野圭吾　私が彼を殺した
東野圭吾　嘘をもうひとつだけ
東野圭吾　赤い指
東野圭吾　流星の絆
東野圭吾　新装版 浪花少年探偵団
東野圭吾　新装版 しのぶセンセにサヨナラ
東野圭吾　新参者
東野圭吾　麒麟の翼
東野圭吾　パラドックス13
東野圭吾　祈りの幕が下りる時
東野圭吾　危険なビーナス
東野圭吾　時《トキ》生《オ》〈新装版〉

東野圭吾　希望の糸
東野圭吾作家生活25周年祭り実行委員会　東野圭吾公式ガイド〈読者1万人が選んだ東野作品人気ランキング発表〉
東野圭吾作家生活35周年実行委員会 編　東野圭吾公式ガイド〈作家生活35周年ver.〉
平野啓一郎　高瀬川
平野啓一郎　ドーン
平野啓一郎　空白を満たしなさい(上)(下)
百田尚樹　永遠の0《ゼロ》
百田尚樹　輝く夜
百田尚樹　風の中のマリア
百田尚樹　影法師
百田尚樹　ボックス！(上)(下)
百田尚樹　海賊とよばれた男(上)(下)
平田オリザ　幕が上がる
東直子　さようなら窓
蛭田亜紗子　凜
樋口卓治　ボクの妻と結婚してください。
樋口卓治　続・ボクの妻と結婚してください。
樋口卓治　喋る男
平山夢明　〈大江戸怪談どたんばたん(土壇場譚)〉魂《たま》豆《どう》腐《ふ》

平山夢明
宇佐美まこと ほか　超怖い物件
東川篤哉　純喫茶「一服堂」の四季
東山彰良　流《りゅう》
東山彰良　女の子のことばかり考えていたら、1年が経っていた。
平田研也　小さな恋のうた
日野草　ウエディング・マン
平岡陽明　僕が死ぬまでにしたいこと
ビートたけし　浅草キッド
藤沢周平　新装版 春秋の檻〈獄医立花登手控え(一)〉
藤沢周平　新装版 風雪の檻〈獄医立花登手控え(二)〉
藤沢周平　新装版 愛憎の檻〈獄医立花登手控え(三)〉
藤沢周平　新装版 人間の檻〈獄医立花登手控え(四)〉
藤沢周平　新装版 闇の歯車
藤沢周平　新装版 市塵(上)(下)
藤沢周平　新装版 決闘の辻
藤沢周平　新装版 雪明かり
藤沢周平　義民が駆ける〈レジェンド歴史時代小説〉
藤沢周平　喜多川歌麿女絵草紙
藤沢周平　闇の梯子

藤沢周平　長門守の陰謀
古井由吉　この　道
藤田宜永　樹下の想い
藤田宜永　女系の総督
藤田宜永　女系の教科書
藤田宜永　血の弔旗
藤田宜永　大雪物語
藤　水名子　紅嵐記(上)(中)(下)
藤原伊織　テロリストのパラソル
藤本ひとみ　新・三銃士 少年編・青年編〈ダルタニャンとミラディ〉
藤本ひとみ　皇妃エリザベート
藤本ひとみ　失楽園のイヴ
藤本ひとみ　密室を開ける手
福井晴敏　亡国のイージス(上)(下)
福井晴敏　終戦のローレライ I～IV
藤原緋沙子　遠　花　火〈見届け人秋月伊織事件帖〉
藤原緋沙子　春《はる》疾《はや》風《て》〈見届け人秋月伊織事件帖〉
藤原緋沙子　暖《ぬくめ》鳥《どり》〈見届け人秋月伊織事件帖〉
藤原緋沙子　霧の路《みち》〈見届け人秋月伊織事件帖〉

藤原緋沙子　鳴《なる》子《こ》守《もり》〈見届け人秋月伊織事件帖〉
藤原緋沙子　夏ほたる〈見届け人秋月伊織事件帖〉
藤原緋沙子　笛吹川〈見届け人秋月伊織事件帖〉
藤原緋沙子　青《せい》嵐《らん》〈見届け人秋月伊織事件帖〉
椹野道流　亡羊の嘆〈鬼籍通覧〉
椹野道流　新装版 暁天の星〈鬼籍通覧〉
椹野道流　新装版 無《む》明《みょう》の闇〈鬼籍通覧〉
椹野道流　新装版 壺《こ》中《ちゅう》の天〈鬼籍通覧〉
椹野道流　新装版 隻《せき》手《しゅ》の声〈鬼籍通覧〉
椹野道流　新装版 禅《ぜん》定《じょう》の弓〈鬼籍通覧〉
椹野道流　池《ち》魚《ぎょ》の殃《わざわい》〈鬼籍通覧〉
椹野道流　南《なん》柯《か》の夢〈鬼籍通覧〉
深水黎一郎　ミステリー・アリーナ
藤谷　治　花や今宵の
古市憲寿　働き方は「自分」で決める
船瀬俊介　かんたん「1日1食」!!〈万病が治る！ 20歳若返る！〉
藤野可織　ピエタとトランジ
古野まほろ　身元不明《ジェーン・ドゥ》〈特殊殺人対策官 箱﨑ひかり〉
古野まほろ　陰陽少女

古野まほろ　陰陽少女〈妖刀村正《むらまさ》殺人事件〉
古野まほろ　禁じられたジュリエット
藤崎　翔　時間を止めてみたんだが
藤井邦夫　大江戸閻《えん》魔《ま》帳《ちょう》
藤井邦夫　三つの顔〈大江戸閻魔帳(二)〉
藤井邦夫　渡世人〈大江戸閻魔帳(三)〉
藤井邦夫　笑う女〈大江戸閻魔帳(四)〉
藤井邦夫　罰《ばち》当《あた》り〈大江戸閻魔帳(五)〉
藤井邦夫　福の神〈大江戸閻魔帳(六)〉
藤井邦夫　野暮天〈大江戸閻魔帳(七)〉
福澤徹三　糸《し》柳《やな》寿《とし》昭《あき》　忌《い》み地〈怪談社奇聞録〉
福澤徹三　糸柳寿昭　忌み地 弐〈怪談社奇聞録〉
福澤徹三　糸柳寿昭　忌み地 惨〈怪談社奇聞録〉
福澤徹三　作家ごはん
藤井太洋　ハロー・ワールド
藤野嘉子　60歳からは「小さくする」暮らし〈生き方がラクになる〉
富良野　馨《かおる》　この季節が嘘だとしても
辺見　庸　抵抗論
星　新一　エヌ氏の遊園地

講談社文庫　目録

2022年12月15日現在